梁实秋

# 想念是一种淡淡的痛

作家出版社

## 图书在版编目（CIP）数据

想念是一种淡淡的痛 ／ 梁实秋 著.－－北京：作家
出版社，2015.11（2017.4重印）

ISBN 978-7-5063-8484-1

Ⅰ.①想⋯ Ⅱ.①梁⋯ Ⅲ.①散文集-中国-现代

Ⅳ.①I266

中国版本图书馆CIP数据核字（2015）第278449号

## 想念是一种淡淡的痛

作　　者：梁实秋

责任编辑：丁文梅

装帧设计：一鸣文化

出 品 方：北京中作华文数字传媒股份有限公司

出版发行：作家出版社

社　　址：北京农展馆南里10号　　　　　邮　编：100125

电话传真：86-10-65930756　（出版发行部）

　　　　　86-10-65004079　（总编室）

　　　　　86-10-65015116　（邮购部）

**E-mail:zuojia@zuojia.net.cn**

**http://www.haozuojia.com**　（作家在线）

印　　刷：三河市紫恒印装有限公司

成品尺寸：140×203

字　　数：140 千

印　　张：7.25

版　　次：2016年3月第1版

印　　次：2017年4月第3次印刷

ISBN 978-7-5063-8484-1

定　　价：38.00 元（精装）

# 目 录

清华八年        1

槐园梦忆       37

想我的母亲      129

忆老舍       133

忆冰心       138

徐志摩的诗与文    150

记张自忠将军     148

怀念陈慧      158

胡适先生二三事    162

叶公超二三事     166

悼齐如山先生     168

记梁任公先生的一次演讲 172

我的一位国文老师   175

我在小学      180

回首旧游      191

"疲马恋旧秣，羁禽思故栖"　194

北平年景　203

海啸　207

琵琶记的演出　211

酒中八仙　219

清华八年

一

　　我自民国四年进清华学校读书，民国十二年毕业，整整八年的工夫在清华园里度过。人的一生没有几个八年，何况是正在宝贵的青春？四十多年前的事，现在回想已经有些模糊，如梦如烟，但是较为突出的印象则尚未磨灭。有人说，人在开始喜欢回忆的时候便是开始老的时候。我现在开始回忆了。

　　民国四年，我十四岁，在北京新鲜胡同京师公立第三小学毕业，我的父亲接受朋友的劝告要我投考清华学校。这是一个重大的决定，因为这个学校远在郊外，我是一个古老的家庭中长大的孩子，从来没有独自在街头闯荡过，这时候要捆起铺盖到一个陌生的地方去住，不是一件平常的事，而且在这个学校经过八年之后便要漂洋过海离乡背井到新大陆去负笈求学，更是难以设想的事。所以父亲这一决定下来，母亲急得直哭。

　　清华学校在那时候尚不大引人注意。学校的创立乃是由于民国纪元前四年美国老罗斯福总统决定退还庚子赔款半数指定用于教育用途，意思是好的，但是带着深刻的国耻的意味。所以这学校的学制特殊，事实上是留美预备学校，不由教育部管理，校长由外交部派。每年招考学生的名额，按照各省分担的庚子赔款的比例分配。我原籍浙江杭县，本应到杭州去应试，往返太费事，而且我家寄居北京很久，也可算是北京的人家，为了取得法定的根据起见，我父亲特赴京兆大兴县署办理入籍手续，得到准许备案，我才到天津（当时直隶省会）省长公署报名。我的籍贯从此确定为京兆大兴县，即北京。北京东城属大兴，西城属宛平。

那一年直隶省分配名额为五名，报名应试的大概是三十几个人，初试结果取十名，复试再遴选五名。复试由省长朱家宝亲自主持，此公夙来喜欢事必躬亲，不愿假手他人，居恒有一颗闲章，文曰"官要自作"。我获得初试入选的通知以后就到天津去谒见省长。十四岁的孩子几曾到过官署？大门口站班的衙役一声吆喝，吓我一大跳，只见门内左右站着几个穿宽袍大褂的衙役垂手肃立，我逡巡走进二门，又是一声吆喝，然后进入大厅。十个孩子都到齐，有人出来点名。静静地等了一刻钟，一位面团团的老者微笑着踱了出来，从容不迫地抽起水烟袋，逐个地盘问我们几句话，无非是姓甚、名谁、几岁、什么属性之类的淡话。然后我们围桌而坐，各有毛笔纸张放在面前，写一篇作文，题目是《孝弟为人之本》。这个题目我好像从前作过，于是不假思索援笔立就，总之是一些陈词滥调。

过后不久榜发，榜上有名的除我之外有吴卓、安绍芸、梅贻宝及一位未及入学即行病逝的应某。考取学校总是幸运的事，虽然那时候我自己以及一般人并不怎样珍视这样的一个机会。

就是这样我和清华结下了八年的缘分。

二

八月末，北京已是初秋天气，我带着铺盖到清华去报到，出家门时母亲直哭，我心里也很难过。我以后读英诗人 Cowper 的传记时之特别同情他，即是因为我自己深切体验到一个幼小的心灵在离开父母出外读书时的那种滋味——说是"第二次断奶"实在不为过。第一次断奶，固然苦痛，但那是在孩提时代，尚不懂事，没有人能回忆自己断奶时的懊恼，第二次断奶就不然了，从父母身边把自己扯开，在心里需要一点气力，而且少不了一阵辛酸。

清华园在北京西郊外的海甸的西北。出西直门走上一条漫长的马路，沿途有几处步兵统领衙门的"堆子"，清道夫一铲一铲地在道上撒黄土，一勺一勺地在道上泼清水，路的两旁是铺石的路专给套马的大敞车走的。最不能忘的是路边的官柳，是真正的垂杨柳，好几丈高的丫杈古木，在春天一片鹅黄，真是柳眼挑金。更动人的时节是在秋后，柳丝飘拂到人的脸上，一阵阵的蝉噪，夕阳古道，情景幽绝。我初上这条大道，离开温暖的家，走向一个新的环境，心里不知是什么滋味。

海甸是一小乡镇，过仁和酒店微闻酒香，那一家的茵陈酒莲花白是有名的，再过去不远有一个小石桥，左转趋颐和园，右转经圆明园遗址，再过去就是清华园了。清华园原是清室某亲贵的花园，大门上"清华园"三字是大学士那桐题的，门并不大，有两扇铁栅，门内左边有一棵状如华盖的老松，斜倚有态，门前小桥流水，桥头上经常系着几匹小毛驴。

园里谈不到什么景致，不过非常整洁，绿草如茵，校舍十分简朴但是一尘不染。原来的一点点中国式的园林点缀保存在"工字厅"、"古月堂"，尤其是工字厅后面的荷花池。徘徊池畔，有"风来荷气，人在木阴"之致。塘坳有亭翼然，旁有巨钟为报时之用。池畔松柏参天，厅后匾额上的"水木清华"四字确是当之无愧。又有长联一副："槛外山光，历春夏秋冬，万千变幻，都非凡境；窗中云影，任东西南北，去来澹荡，洵是仙居。"（祁寯藻书）我在这个地方不知道消磨了多少黄昏。

西园榛莽未除，一片芦蒿，但是登土山西望，圆明园的断垣残石历历可见，俯仰苍茫，别饶野趣。我记得有一次邰达夫特来访问，央我陪他到圆明园去凭吊遗迹，除了那一堆石头什么也看不见了，所谓"万园之园"的四十美景只好参考后入画图于想象中得之。

三

清华分高等科、中等科两部分。刚入校的便是中等科的一年级生。中等四年，高等四年，毕业后送到美国去，这两部分是隔离的，食宿教室均不在一起。

学生们是来自各省的，而且是很平均地代表着各省。因此各省的方言都可以听到，我不相信除了清华之外有任何一个学校其学生籍贯是如此的复杂。有些从广东、福建来的，方言特殊，起初与外人交谈不无困难，不过年轻人学语迅速，稍后亦可适应。由于方言不同，同乡的观念容易加强，虽无同乡会的组织，事实上一省的同乡自成一个集团。我是北京人，我说国语，大家都学着说国语，所以我没有方言，因此我也就没有同乡观念。如果我可以算得是北京土著，像我这样的土著，清华一共没有几个（原籍满族的陶世杰，原籍蒙族的杨宗瀚都可以算是真正的北京人）。北京也有北京的土语，但是从这时候起我就和各个不同省籍的同学交往，我只好抛弃了我的土语的成分，养成使用较为普通的国语的习惯。我一向不参加同乡会之类的组织，同时我也没有浓厚的乡土观念，因为我在这样的环境有过八年的熏陶，凡是中国人都是我的同乡。

一天夜里下大雪，黎明时同屋的一位广东同学大惊小怪地叫了起来："下雪啦！下雪啦！"别的寝室的广东同学也出来奔走相告，一个个从箱里取出羊皮袍穿上，但是里面穿的是单布裤子！

有一位从厦门来的同学，因为言语不通没人可以交谈，孤独郁闷而精神失常，整天用英语喊叫"我要回家！我要回家！"高等科有一位是他的同乡，但是不能时常来陪伴他。结果这位可怜的孩子被遣送回家了。

我是比较幸运的，每逢星期日我缴上一封家长的信便可获准出校返家，骑驴抄小径，经过大钟寺，到西直门，或是坐一小时的人力车遵大道进城。在家里吃一顿午饭，不大工夫夕阳西下又该回学校去了。回家的手续是在星期六晚办妥的，领一个写着姓名的黑木牌，第二天交到看守大门的一位张姓老头儿的手里，才得出门。平常是不准越大门一步的。但是高等科的同学们，和张老头打个招呼，也可以出门走走，买点什么鸭梨柿子烤白薯之类的东西。

新生是一群孩子，我这一班里以项君为最矮小，有一回他掉在一只大尿桶里几乎淹死。二三十年后我在天津遇到他，他已经任一个银行的经理，还是那么高，想起往事不禁发出会心的微笑。

新生的管理是很严格的。斋务主任陈筱田先生是个了不起的人物，天津人，说话干脆而尖刻，精神饱满，认真负责。学生都编有学号，我在中等科时是五八一，在高等科时是一四九，我毕业后十几年在南京车站偶然遇到他，他还能随口说出我的学号。每天早晨七点打起床钟，赴盥洗室，每人的手巾脸盆都写上号码，脏了要罚。七点二十分吃早饭，四碟咸菜如萝卜干八宝菜之类，每人三个馒头，稀饭不限。饭桌上，也有各人的学号，缺席就要记下处罚。脸可以不洗，早饭不能不去吃。陈先生常常躲在门后，拿着纸笔把迟到的一一记下，专写学号，一个也漏不掉。我从小就有早起的习惯，永远在打钟以前很久就起床，所以从不误吃早饭。

学生有久久不写平安家信以致家长向学校查询者，因此学校规定每两星期必须写家信一封，交斋务室登记寄出。我每星期回家一次，应免此一举，但格子规定仍须照办。我父亲说这是很好的练习小楷的机会，特为我在荣宝斋印制了宣纸的信笺，要我恭楷写信，年终汇订成册，留作纪念。

学生身上不许带钱，钱要存在学校银行里，平常的零用钱可以存少许在身上，但一角钱一分钱都要记账，而且是新式簿记，有明细账，有资产负债对照表，月底结算完竣要呈送斋务室备核盖印然后发还。在学校用钱的机会很少，伙食本来是免费的，我入校的那一年才开始收半费，每月伙食是六元半，我交三元，在我以后就是交全费的了，洗衣服每月二元，这都是在开学时交清了的。理发每次一角，手术不高明，设备也简陋，有一样好处——快，十分钟连揪带拔一定完工（我的朋友张心一来自甘肃，认为一角钱太贵，总是自剃光头，青白油亮，只是偶带刀痕）。所以花钱只是买零食。校内有一个地方卖日用品及食物，起初名为嘉华公司，后改称为售品所，卖豆浆、点心、冰激凌、花生、栗子之类。只有在寝室里可以吃东西，在路上走的时候吃东西是被禁止的。

　　洗澡的设备很简单，用的是铅铁桶，由工友担冷热水。孩子们很多不喜欢亲近水和肥皂，于是洗澡便需要签名，以备查核。规定一星期洗澡至少两次，这要求并不过分，可是还是有人只签名而不洗澡。照规定一星期不洗澡予以警告，若仍不洗澡则在星期五下午四时周会（名为伦理演讲）时公布姓名，若仍不洗澡则强制执行派员监视。以我所知，这规则尚不曾实行过。

　　看小说也在禁止之列，小说是所谓"闲书"，据说是为成年人消遣之用，不是诲淫就是诲盗，年轻人血气未定，看了要出乱子的。可是像水浒、红楼之类我早就在家里看过，也是偷着看的，看到妙处心里确是怦怦然。

我到清华之后，经朋友指点，海甸有一家小书店可以买到石印小字的各种小说。我顺便去了一看，琳琅满目，如入宝山，于是买了一部《绿牡丹》。有一天晚上躺在床上偷看，字小、纸光、灯暗，倦极抛卷而眠，翌晨起来就忘记从枕下捡起，斋务先生查寝室，伸手一摸就拿走了。当天就有条子送来，要我去回话，我还不知道是什么事。只见陈先生铁青着脸，把那本《绿牡丹》往我面前一丢，说："这是嘛？""嘛"者天津话"什么"也。我的热血涌到脸上，无话可说，准备接受打击。也许是因为我是初犯，而且并无其他前科，也许是因为我诚惶诚恐俯首认罪，使得惩罚者消了不少怒意，我居然除了受几声叱责及查获禁书没收之外没有受到惩罚。依法，这种罪过是要处分的，应于星期六下午大家自由活动之际被罚禁闭，地点在"思过室"，这种处分是最轻微的处分，在思过室里静坐几小时，屋里壁上满挂着格言，所谓"闭门思过"。凡是受过此等处分的，就算是有了纪录，休想再能获得品行优良奖的大铜墨盒。我没进过思过室，可是也从来没有得过大铜墨盒，可能是受了绿牡丹事件的影响。我们对于得过墨盒的同学们既不嫉妒亦不羡慕，因为人人心里明白那个墨盒的代价是什么，并且事后证明墨盒的得主将来都变成了什么样的角色。

　　思过是要牌示的，若干次思过等于记一小过，三小过为一大过，三大过则恶贯满盈实行开除。记过开除之事在清华随时有之，有时候一向品学兼优的学生亦不能免于记过。比我高一班的潘光旦曾告诉我他就被记小过一次，事由是他在严寒冬夜不敢外出如厕，就在寝室门外便宜行事，事有凑巧，陈斋务主任正好深夜巡查，迎面相值当场查获，当时未交一语，翌日挂牌记过。光旦认为这是很有趣的一件事，从不讳言。中等科的厕所（绰号九间楼）在夜晚是没有人敢去的，面临操场，一片寂寥，加上狂风怒吼，孩子们是有一点怕。最严重的罪过是偷窃，一经破获，立刻开除，有时候拿了人家的一本字典或是拿了人家一匹夏布，都要受最严重的处分，趁上课时局闭寝室通路，翻箱倒箧实行突检，大概没有窃案不被破获的，虽然用重典，总还有人要蹈法网。有些学生被当做"线民"使用，负责打小报告，这种间谍制度后来大受外国教员指责，不久就废弃了，做线民的大概都是得过墨盒的。

清华对于年幼的学生还有过一阵的另一训导制度，三五个年幼的学生配给一个导师，导师由高等科的大学生担任之，每星期聚会一次，在生活上予以指导。指导我的是一位沈隽淇先生，大概比我大七八岁，道貌岸然，不苟言笑。这制度用意颇佳，但滞碍难行，因为硬性配给，不免扞格。此制行之不久即废，沈隽淇先生毕业后我也从来没听见过他的消息。

严格的生活管理只限于中等科，我们事后想想像陈筱田先生所执行的那一套管理方法，究竟是利多弊少，许多做人做事的道理，本来是应该在幼小的时候就要认识。许多自然主义的教育信仰者，以为儿童的个性应该任其自由发展，否则受了摧残以后，便不得伸展自如。至少我个人觉得我的个性没有受到压抑以至于以后不能充分发展。我从来不相信"树大自直"。等我们升到高等科，一切管理松弛多了，尤其是正值"五四运动"之后，学生的气焰万丈，谁还能管学生？

四

　　清华是预备留美的学校，所以课程的安排与众不同，上午的课如英文、作文、公民（美国公民）、数学、地理、历史（西洋史）、生物、物理、化学、政治学、社会学、心理学……都一律用英语讲授，一律用美国出版的教科书；下午的课如国文、历史、地理、修身、哲学史、伦理学、修辞、中国文学史……都一律用国语，用中国的教科书。这样划分的目的，显然的要加强英语教学，使学生多得听说英语的机会。上午的教师一部分是美国人，一部分是能说英语的中国人。下午的教师是一些中国的老先生，好多都是在前清有过功名的。但是也有流弊，重点放在上午，下午的课就显得稀松。尤其是在毕业的时候，上午的成绩需要及格，下午的成绩则根本不在考虑之列。因此大部分学生轻视中文的课程。这是清华在教育上最大的缺点，不过鱼与熊掌不可得兼，顾了英文就不容易再顾中文，这困难的情形也是可以理解的。可惜的是学校没有想出更合理的办法，同时对待中文教师之差别待遇也令学生生出很奇异的感想，薪给特别低，集中住在比较简陋的古月堂，显然中文教师是不受尊重的。这在学生的心理上有不寻常的影响，一方面使学生蔑视本国的文化，崇拜外人；另一方面激起反感，对于洋人偏偏不肯低头。我个人的心理反应即属于后者，我下午上课从来不和先生捣乱，上午在课堂里就常不驯顺。而且我一想起母校，我就不能不联想起庚子赔款、义和团、吃教的洋人、昏聩的官吏……这一连串的联想使我惭愧愤怒。我爱我的母校，但这些联想如何能使我对我母校毫无保留地感觉骄傲呢？

清华特别注重英文一课，由于分配的钟点特多，再加上午其他各课亦用英语讲授，所以平均成绩可能较一般的学校略胜。使用的教本开始时是《鲍尔文读本》，以后就由浅而深地选读文学作品，如《阿丽斯异乡游记》、《陶姆伯朗就学记》、《柴斯菲德训子书》、《金银岛》、《欧文杂记》，阿迪生的《洛杰爵士杂记》，霍桑的《七山墙之屋》、《块肉余生述》、《朱立阿西撒》、《威尼斯商人》等等。前后八年教过我英文的老师有马国骥先生、林语堂先生、孟宪承先生、巢望霖先生，美籍的有 Miss baader, Miss Clemens, Mr. Smith，等。马、林、孟三位先生都是当时比较年轻的教师，不但学问好，教法好，而且热心教学，是难得的好教师。巢先生是在英国受教育的，英文根底极好，我很惭愧的是我曾在班上屡次无理捣乱反抗，使他很生气，但是我来台湾后他从香港寄信给我，要我到香港大学去教中文，我感谢这位老师尚未忘记几十年前的一个顽皮的学生。两位美籍的女教师使我特殊受益的倒不在英文训练，而在她们教导我们练习使用"议会法"，这一套如何主持会议、如何进行讨论、如何交付表决等等的艺术，以后证明十分有用，这也就是孙中山先生所谓的"民权初步"。在民主社会里到处随时有集会，怎么可以不懂集会的艺术？我幸而从小就学会了这一套，以后受用不浅，以后每逢我来主持任何大小会议，我知道如何控制会场秩序，如何迅速地处理案件的讨论。她们还教了我们作文的方法，题目到手之后，怎样先作大纲，怎样写提纲挈领的句子，有时还要把别人的文章缩写成为大纲，有时从一个大纲扩展成为一篇文章，这一切其实就是思想训练，所以不仅对英文作文有用，对国文也一样的有用。我的文章写得不好，但如果层次不太紊乱，思路不太糊涂，其得力处在此。美国的高等学校大概就是注重此种教学方法，清华在此等处模仿美国，是有益的。

上午的所有课程有一特色，即是每次上课之前学生必须作充分准备，先生指定阅览的资料必须事先读过，否则上课即无从听讲或应付。上课时间用在练习讨论者多，用在讲解者少，同时鼓励学生发问。我们中国学生素来没有当众发问的习惯，美籍教师常常感觉困惑，有时指名发问令其回答，造成讨论的气氛。美国大学里的课外指定阅读的资料分量甚重，所以清华先有此种准备，免得到了美国顿觉不胜负荷。我记得到了高等科之后，先生指定要读许多参考书，某书某章必须阅读，我们在图书馆未开门之前就排了长龙，抢着阅读参考书架上的资料，迟到者就要等候。

我的国文老师中使我获益最多的是徐镜澄先生，我曾为文纪念过他（见《秋室杂文》）。他在中等科教我作文一年，批改课业大勾大抹，有时全页都是大墨杠子，我几千字的文章往往被他删削得体无完肤，只剩下三二百字，我始而懊恼，继而觉得经他勾改之后确实是另有一副面貌，终乃接受了他的"割爱主义"，写文章少说废话，开门见山；拐弯抹角的地方求其挺拔，避免阘茸。

午后的课程大致不能令学生满意。学校聘请教员只知道注意其有无举人进士的头衔，而不问其是否为优良教师。尤其是"五四"以后的几年，学生求知若渴，不但要求新知，对于中国旧学问也要求用新眼光来处理。比我低一班的朱湘先生就跑到北大旁听去了。清华午后上课情形简直是荒唐！先生点名，一个学生可以代替许多学生答到，或者答到之后就开溜，留在课室者可以写信看小说甚至打瞌睡，而先生高踞讲坛视若无睹。我记得清清楚楚，有一位时先生年老而无须，有一位学生发问了："先生，你为什么不生胡须？"先生急忙用手遮盖他的下巴，缩颈俯首而不答，全班哄笑。这一类不成体统的事不止一端。

于此我不能不提到梁任公先生。大概是我毕业前一年，我们几个学生集议想请他来演讲。他的大公子梁思成是我同班同学，梁思永、梁思忠也都在清华，所以我们经过思成的关系一约就成了。任公先生的学问事业是大家敬仰的，尤其是他心胸开朗，思想赶得上潮流，在"五四"以后俨然是学术巨擘。他身体不高、头秃、双目炯炯有光，走起路来昂首阔步，一口广东官话，声如洪钟。他讲演的题目是《中国韵文里表现的情感》，他情感丰富，记忆力强，用手一敲秃头便能背诵出一大段诗词，有时手之舞之足之蹈之，有时口沫四溅涕泗滂沱，频频地从口袋里掏出一块大毛巾来揩眼睛。这篇演讲分数次讲完，有异常的成功，我个人对中国文学的兴趣就是被这一篇演讲所鼓动起来的。以前读曾毅《中国文学史》，因为授课的先生只是照着书本读一遍，毫无发挥，所以我越读越不感兴趣。

任公先生以后由学校聘请住在工字厅主讲《中国历史研究法》，更以后清华大学成立，他被聘为研究所教授，那是后话了。

还有些位老师我也是不能忘记的。教音乐的 Miss Seeley 和教图画的 Miss Starr 和 Miss Lyggate 都启迪了我对艺术的爱好。我本来喉音不坏，被选为"少年歌咏团"的团员，一共十二个人，除了我之外有赵敏恒、梅畅春、项谓、吴去非、李先闻、熊式一、吴鲁强、胡光澄、杜钟珩、郭殿邦等，我的嗓音最高，曾到城里青年会表演过一次 Human Piano"人造钢琴"，我代表最高音，以后我倒了嗓子，同时 Seeley 女士离校后也没有人替其指导，我对音乐便失去了兴趣，没有继续修习，以至于如今对于音乐几乎完全是个聋子，中国音乐不懂，外国音乐也不通，变成了一个"内心没有音乐的人"，想起来实在可怕。讲到国画，我从小就喜欢，涂抹几笔是可以的，但无天才，清华的这两位教师给我的鼓励太多了，要我画炭画，描石膏像，记得最初是画院里的一棵松树，从基本上学习，但我没有能持续用功。我妄以为在小学时即已临摹王石谷、恽南田，如今还要回过头来画这些死东西？自以为这是委屈了我的才能，其实只是狂傲无知。到如今一点基本的功夫都没有，还谈得到什么用笔用墨？幼年时对艺术有一点点爱好，不值什么，没加上苦功，便毫无可观，我便是一例。

我不喜欢的课是数学。在小学时"鸡兔同笼"就已经把我搅昏了头，到清华习代数、几何、三角，更格格不入，从心里厌烦，开始时不用功，以后就很难跟上去，因此视数学课为畏途。我的一位同学孙筱孟比我更怕数学，每回遇到数学月考大考，他一看到题目就好像是"贾宝玉神游太虚幻境"一般，匆匆忙忙回寝室换裤子，历次不爽。我那时有一种奇异的想法，我将来不预备习理工，要这捞什子做什么？以"兴趣不合"四个字掩饰自己的懒惰愚蠢。数学是人人要学的，人人可以学的，那是一种纪律，无所谓兴趣之合与不合，后来我和赵敏恒两个人同在美国一个大学读书，清华的分数单上数学一项都是勉强及格六十分，需要补修三角与立体几何，我们一方面懊恼，一方面引为耻辱，于是我们两个拼命用功，结果我们两个在全班上占第一第二的位置，大考特准免予参加，以甲上成绩论。这证明什么？这证明没有人的兴趣是不近数学的，只要按部就班地用功，再加上良师诱导，就会发觉里面的趣味，万万不可任性，在学校里读书时万万不可相信什么"趣味主义"。

生物、物理、化学三门并非全是必修，预备习文法的只要修生物即可，这一规定也害我不浅，我选了比较轻松的生物，教我们生物的陈隽人先生，他对我们很宽，我在实验室里完全把时间浪费了，我怕触及蚯蚓田鸡之类的活东西，闻到珂罗芳的味道就头痛，把蛤蟆四肢钉在木板上开刀取心脏是我最怵的事，所以总是请同学代为操刀，敷衍了事。物理、化学根本没有选修，至今引为憾事。

我的手很笨拙，小时候手工一向很坏，编纸插豆、泥工竹工的成绩向来羞于见人。清华亦有手工一课，教师是周永德先生，有一次他要我们每人做一个木质的方锥体，我实在做不好，就借用同学徐宗沛所做的成品去搪塞交上。宗沛的手是灵巧的，他的方锥体做得方方正正有棱有角，周先生给他打了个九十分。我拿同一个作品交上去，他对我有偏见，仅打了七十分，我不答应，我自己把真相说穿。周先生大怒，说我不该借用别人的作品。我说："我情愿受罚，但是先生判分不公，怎么办呢？"先生也笑了。

五

清华对于体育特别注重。

每早晨第二堂与第三堂之间有十五分钟的柔软操，钟声一响大家涌到一个广场上，地上有写着号码的木桩，各按号码就位立定，由舒美科先生或马约翰先生领导活动，由助教过来点名。这十五分钟操，如果认真做，也能浑身冒汗。这是很好的调剂身心的办法。

下午四时至五时有一小时的强迫运动，届时所有的寝室课室房门一律上锁，非到户外运动不可，至少是在外面散步或看看别人运动。我是个懒人，处此情形之下，也穿破了一双球鞋，打烂了三五只网球拍，大腿上被棒球打黑了一大块。可惜到了高等科就不再强迫了。经常运动有助于健康，不，是健康之绝对的必需的条件。而且身体的健康，也必有助于心理的健康。年轻时所获致的健康也是后来求学做事的一笔资本。那时清华的一般的学生比较活泼一些，少老气横秋的态度，也许是运动比较多一点的缘故。

学生们之普遍的爱好运动的习惯之养成是一件事，选拔代表与别的学校竞赛则是又一件事。清华对于选手的选拔培养与爱护也是做得很充分的。选手要勤练习，体力耗损多，食物需要较高的热量，于是在食堂旁边另设"训练桌"，大鱼大肉，四盘四碗，同学为之侧目。运动员之德智体三育均优者固然比比皆是，但在体育方面畸形发展的亦非绝无仅有。有一位玩球的健将就是功课不够理想，但还是设法留在校内以便为校立功，这种恶劣的作风是大家都知道的。

　　清华的运动员给清华带来不少的荣誉，在各种运动比赛中总是占在领导的位置。在最初的几次远东运动会中清华的选手赢得不少锦标，为国家争取光荣。我记得最清楚的是一场足场赛和一场篮球赛。上海南洋大学的足球队在华中称雄，远征华北以清华为对象，大家都觉得胜败未可逆料，不无惴惴。清华的阵容是前锋徐仲良、姚醒黄、关颂韬、华秀升、邝××，后卫之一是李汝祺，守门是董大西。这一战打得好精彩，徐仲良脚头有劲，射门准而急，关颂韬最会盘球，三两个人奈何不得他，冲锋陷阵如入无人之境，结果清华以逸待劳，侥幸大胜。这是在星期六下午举行的，星期一补放假一天以资庆祝，这是什么事！另一场篮球赛是对北师大。北师大在体育方面也是人才辈出，篮球队中一位魏先生尤负盛名。北师大和清华在篮球不相上下，可说势均力敌。清华的阵容是前锋有时昭涵、陈崇武，后卫有孙立人、王国华，以这一阵容为基本的篮球队曾打垮菲律宾、日本的代表队。鏖战的结果清华占地利因而险胜，孙立人、王国华的截球之稳练不能不令人叹为观止。附带提起，现在台湾的程树仁先生也是清华的运动健将，他继曹懋德为足球守门，举臂击球，比用脚踢还打得远些，他现在年近七十而强健犹昔，是清华的体育精神的代表。

清华毕业时照例要考体育，包括田径、爬绳、游泳等项。我平常不加练习，临考大为紧张，马约翰先生对于我的体育成绩只是摇头太息。我记得我跑四百码的成绩是九十六秒，人几乎晕过去。一百码是十九秒。其他如铁球、铁饼、标枪、跳高、跳远都还可以勉强及格。游泳一关最难过。清华有那样好的游泳池，按说有好几年的准备应该没有问题，可惜是这好几年的准备都是在陆地上，并未下过水里，临考只得舍命一试。我约了两位同学各持竹竿站在两边，以备万一。我脚踏池边猛然向池心一扑，这一下就浮出一丈开外，冲力停止之后，情形就不对了。原来水里也有地心吸力，全身直线下沉。喝了一大口水之后，人又浮到水面，尚未来得及喊救命，已经再度下沉。这时节两根竹竿把我挑了起来，成绩是不及格，一个月后补考。这一个月我可天天练习了，好在不止我一人，尚有几位陪伴我。补考的时候也许是太紧张，老毛病又发了，身体又往下沉，据同学告诉我，我当时在水里扑腾得好厉害，水珠四溅，翻江倒海一般，否则也不会往下沉。这一沉，沉到了池底，我摸到大理石的池底，滑腻腻的。我心里明白，这一回只许成功不许失败，便在池底连爬带游地前进，喝了几口水之后，头已露出水面，知道快泳完全程了，于是从从容容来了几下子蛙式泳，安安全全地跃登彼岸，马约翰先生笑得弯了腰，挥手叫我走，说："好啦，算你及格了。"这是我毕业时极不光荣的一个插曲，我现在非常悔恨，年轻时太不知道重视体育了。

清华的体育活动也并不完全是洋式的，也有所谓国术，如打拳击剑之类，教师是李剑秋先生，他的拳是外家一路，急而劲，据说很有功夫，有时也开会表演，邀来外面的各路英雄，刀枪剑戟陈列在篮球场上，主人先垫垫脚，然后一十八般武艺一样一样地表演上场，其中包括空手夺刀之类。对于这种玩意儿，同学中也有乐此不疲者，分头在钻研太极八卦少林石头的奥秘。

## 六

五四运动发生在民国八年，我在中等科四年级，十八岁，是当时学生群中比较年轻的一员。清华远在郊外，在五四过后第二三天才和城里的学生联络上。清华学生的领导者是陈长桐．他的领导才能（charisma）是天生的，他严肃而又和蔼，冷静而又热情，如果他以后不走进银行而走进政治，他一定是第一流的政治家。他的卓越的领导能力使得清华学生在这次运动里尽了应尽的责任，虽然以后没有人以"五四健将"而闻名于世。自五月十九日以后，北京学生开始街道演讲。我随同大队进城，在前门外珠市口我们一小队人从店铺里搬来几条木凳横排在街道上，人越聚越多，讲演的情绪越来越激昂，这时有三两部汽车因不得通过而乱按喇叭，顿时激怒了群众，不知什么人一声喝打，七手八脚的捣毁了一部汽车。我当时感觉到大家只是一股愤怒不知向谁发泄，恨政府无能，恨官吏卖国，这股恨只能在街上如醉如狂地发泄了。在这股洪流中没有人能保持冷静，此之谓群众心理。那部被打的汽车是冤枉的，可是后来细想也许不冤枉，因为至少那个时候坐汽车而不该挨打的人究竟为数不多。

章宗祥的儿子和我同一寝室。五四运动爆发之后，他悄悄地走避了，但是许多人不依不饶地拥进了我的寝室，把他的床铺捣烂了，衣箱里的东西狼藉满地。我回来看到很反感，觉得不该这样做。过后不久他害猩红热死了。

六月三日、四日北京学生千余人在天安门被捕，清华的队伍最整齐，所以集体被捕，所占人数也最多。

清华因为继续参加学生运动而引起学校当局的不满，校长张俊全先生也许是用人不当，也许是他自己过分慌张，竟乘学生晚间开会之际切断了电线，他以为这一招可以迫使学生散去，想不到激怒了学生，当时点起蜡烛继续开会，这是对当局之公然反抗。事有凑巧，会场外忽然发现了三五个衣裳诡异打着纸灯笼的乡巴佬，经盘问后，原来是由学校当局请来的乡间"小锣会"来弹压学生的。所谓小锣会，即是乡村农民组织的自卫团体，遇有盗警之类的事变就以敲锣为号，群起抵抗，是维持地方治安的一种组织。糊涂的学校当局竟把这种人请进学校来对付学生，真是自寻烦恼。学生们把小锣会团团围住，让他们具结之后便把他们驱逐出校。但是驱逐校长的风潮也因此而爆发了。

五四往好处一变而为新文化运动，往坏处一变而为闹风潮。清华的风潮是赶校长。张煜全、金邦正，接连着被学生列队欢送追出校外，其后是罗忠诒根本未能到差。这一段时期学生领导人之最杰出者为罗隆基，他私下里常说'九年清华，三赶校长"是实有其事。清华传统的管理学生的方式崩溃了，学生会的坚强组织变成学生生活的中心。学生自治也未始不是一个好的现象，不过罢课次数太多，一快到暑假就要罢课，有人讥笑我们是怕考试，然乎否乎根本不值一辩，不过罢课这个武器用的次数太多反而失去同情则确是事实。

五四运动原是一个短暂的爱国运动，热烈的，自发的，纯洁的，"如击石火，似闪电光"，很快就过去了。可是年青的学生们经此刺激震动而突然觉醒了，登时表现出一股蓬蓬勃勃的朝气，好象是蕴藏压抑多年的情绪与生活力，一旦获得了迸发奔放的机会，一发而不可收拾，沛然而莫之能御。当时以我个人所感到的而言，这一股力量在两点上有明显的表现：一是学生的组织，一是广泛的求知欲。

在这以前，学生们都是听话的乖孩子，对权威表示服从，对教师表示尊敬，对职员表示畏惧。我刚到清华的时候，见到校长周寄梅先生真觉得战战兢兢，他自有一种威仪使人慑服，至今我仍然觉得他有极好的风度，在我所知道的几任清华校长之中，他是最令大家佩服的一个。学校的组织与规程，尽管有不合理处，学生们不敢批评，更不敢有公然反抗的举动。除了对于国文教师常有轻慢的举动以外，学生对一般教师是恭顺的。无论教师多么不称职，从没有被学生驱逐的。在中等科时，一位国文先生酒醉，拿竹板打了学生的手心，教务长来抢走了竹板，事情也就平息了，这事情若发生在今天那还了得！清华管理严格，记过、开除是经常有的事，一纸开除的布告贴出，学生乖乖地卷铺盖，只有一次例外。我同班的一位万同学，因故被开除，他跑到海淀喝了一瓶莲花白，红头涨脸地跑回来，正值斋务主任李胡子在饭厅和学生们一起用膳，就在大庭广众之下，上去一拳把他打倒在地，这是绝无仅有的一次犯上作乱的精彩表演。

五四以后情形完全不同了。首先要说起学校当局之颟顸无能，当局糊涂到用关灭电灯的方法来防止学生开会，召进乡间的"小锣会"打着灯笼拿着棍棒到学校里来弹压学生，这如何能令学生心服？周校长以后的几任校长，都是外交部派来的闲散的外交官，在做官方面也许是内行的，但是平素学问道德未必能服人，遇到这动荡时代更不懂得青年心理，当然是治丝益棼，使事态恶化。数年之内，清华数易校长，每一位都是在极狼狈的情形之下离去的。学生的武器便是他们的组织——学生会。从前的班长级长都是些当局属意的"墨盒"持有人，现在的学生会的领导者是些有组织能力的有担当的分子。所谓"团结即是力量"，道理是不错的。原来为了举行爱国运动而组织起来的学生会，性质逐渐扩大，目标也逐渐转移了。学生要求自治，学生也要过问学校的事。清华的学生会组织是相当健全的，分评议会与干事会两部分，评议会是决议机关，干事会是执行机关，评议员是选举的，我在清华最后几年一直是参加评议会的。我深深感觉"群众心理"是很可怕的，组织的力量如果滥用也是很可怕的。我们短短期间内驱逐的三位校长，其中有一位根本未曾到校，他的名字是罗忠诒，不知什么人传出了消息说他吸食鸦片烟，于是喧嚷开来，舆论哗然，吓得他未敢到任。人多势众的时候往往是不讲理的。学生会每逢到了五六月的时候，总要闹罢课的勾当，如果有人提出罢课的主张，不管理由是否充分，只要激昂慷慨一番，总会通过。罢课曾经是赢得伟大胜利的手段，到后来成了惹人厌恶的荒唐行为。不过清华的罢课当初也不是没有远大目标的。一九二二年三月间罗隆基写了一篇《彻底翻腾的清华革命》，发表在北京晨报，翌年三月间由学生会印成小册，并有梁任公先生及凌冰先生的序言，一致赞成清华应有一健全的董事会，可见清华革命之说确是合乎当时各方的要求的。

嚣张是不须讳言的，但是求知的欲望也同时变得非常旺盛，对于一切的新知都急不暇择地吸收进去。我每次进城在东安市场、劝业场、青云阁等处书摊旁边不知消磨多少时光流连不肯去，几乎凡有新刊必定购置，不是我一人如此，多少敏感的青年学生都是如此。

我记得仔细阅读过的书刊包括有：胡适的《实验主义》《尝试集》《短篇小说集》《中国哲学史》，周作人的《欧洲文学史》《域外小说集》，王星拱的《科学方法论》，潘家洵译的《易卜生戏剧》，少年中国的丛书，共学社的丛书，晨报丛书等等。《新潮》《新青年》等杂志更不待言是每期必读的。当然，那时候学力未充，鉴别无力，自己并无坚定的见地，但是扩充眼界，充实腹笥，总是一件好事。所以我那时看的东西很杂，进化论与互助论，资本论与无政府主义，托尔斯泰与萧伯纳，罗索与柏格森，泰戈尔与王尔德，兼收并蓄，杂糅无章。没有人指导，没有人讲解，暗中摸索，有时自以为发掘到宝藏而沾沾自喜，有时全然失去比例与透视。幸而，由于我的天生的性格，由于我的家庭管教，我尚能分辨出什么是稳健的康庄大道，什么是行险侥幸的邪恶小径。三十岁以后，自己知道发愤读书，从来不敢懈怠，但是求知的热狂在五四以后的那一段期间仍然是无可比拟的。

因为探求新知过于热心，对于学校的正常功课反倒轻视疏忽了。基本的科学，不感兴趣，敷敷衍衍地读完一年生物学之后对于物理化学即不再问津，这一缺憾至今无法补偿。对于数学我更没有耐心，自己给自己制造了一个借口曰："性情不近"。梁任公先生创"趣味说"，我认为正中下怀，我对数学不感兴趣，因此数学的成绩仅能勉强维持及格，而并不觉得惭作。不但此也，在英文班上读些文学名著，也觉得枯燥无味，莎士比亚的戏剧亦不能充分赏识，他的文字虽非死文字，究竟嫌古老些，哪有时人翻译出来的现代作品那样轻松？于是有人谈高尔斯·华绥、萧伯纳、王尔德、易卜生，亦从而附和之；有人谈莫泊桑、柴霍甫、屠格涅夫、法朗士，亦从而附和之。如响斯应，如影斯随，追逐时尚，遑遑然不知其所届。这是五四以后之一窝蜂的现象，表面上轰轰烈烈，如花团锦簇，实际上不能免于浅薄幼稚。

七

清华学生全体住校，自成一个社团，故课外活动也就比较多些。

我初进清华，对音乐、图画都很热心。教音乐的教师 Miss Seeley 循循善诱，仪态万千，是颇受学生欢迎的一个人。她令学生唱校歌（清华的校歌是英文的）以测验学生歌唱的能力，我一试便引起她的注意，因为我声音特高，而且我能唱出校歌两阕的全部歌词，后来我就当选为清华幼年歌咏团的团员。不知为什么这位教师回国后就一直没有替人，同时我的嗓音倒了之后亦未能复原，于是从此我和音乐绝缘。教图画的教师先是一位 Miss Starr 后是一位 Miss Lyggate，教我们白描，教我们写生，炭画水彩画，可惜的是我所喜欢的是中国画，并且到了中等科三年级也就没有图画一课了。

我在图画音乐上都不得发展，兴趣转到了写字上面去。在小学的时候教师周士菜（香如）先生教我们写草书千字文，这是白折子九宫格以外的最有趣的课外作业，我的父亲又鼓励我涂鸦，因此我一直把写字当做一种享受。我在清华八年所写的家信，都是写在特制的宣纸信笺上，每年装订为一册，全是墨笔恭楷，这习惯一直维持到留学回国为止。有一天我和同学吴卓（鹄飞）、张嘉铸（禹九）商量，想组织一个练习写字的团体，吴卓写得一笔好赵字，张嘉铸写得一笔酷似张廉卿的魏碑体，众谋佥同，于是我就着手组织，征求同好。我的父亲给我们起了一个名字，曰"清华戏墨社"。大字、小楷，同时并进。包世臣的《艺舟双楫》、康有为的《广艺舟双楫》成了我的手边常备的参考书。我本来有早起的习惯，七点打起床钟，我六点就盥洗完毕，天蒙蒙亮我和几位同学就走进自修室，正襟危坐，磨墨抻纸，如是者二年，不分寒暑，从未间断，举行过几次展览。

我最初看吴卓临赵孟頫《天冠山图咏》，见猎心喜，但是我父亲不准我写，认为应先骨格而后妩媚，要我写颜真卿的《争座位》和柳公权的《玄秘塔》，同时供给我大量的珂罗版的汉碑，主要的是张迁碑、白石神君碑、孔庙碑，而以曹全碑殿后。这样临摹了两年，孤芳自赏，但愧未能持久，本无才力，终鲜功夫，至今拿起笔杆不能运用自如，是一憾事。

清华不是教会学校，所以并没有什么宗教气氛，但是有些外国教师及一些热心的中国人仍然不忘传教，例如查经班青年会之类均应有尽有，可是同时也有一批国粹派出面提倡孔教以为对抗。我对于宗教没有兴趣，不过于耶教孔教二者若是必须作一选择，我宁取后者，所以我当时便参加了一些孔教会的活动，例如在孔教会附设的贫民补习班和工友补习班里授课之类。不过孔子的学说根本不能构成宗教，所谓国教运动尤其讨厌。

"五四"以后，心情丕变。任何人在青春时期都会"怨黄莺儿作对，怪粉蝶儿成双"，都会变成为一个诗人。我也在荷花池畔开始吟诗了。有一首诗就题为《荷花池畔》，后来发表在《创造季刊》第四期上，我从事文艺写作是在我进入高等科之初，起先是几个朋友（顾毓琇、张忠绂、翟桓等）在校庆日之前凑热闹翻译了一本《短篇小说作法》，这是一本没有什么价值的书，不知为何选中了它。我们的组织定名为"小说研究社"，向学校借占了一间空的寝室作为会所。后来我们认识了比我们高两级的闻一多，是他提议把小说研究社改为"清华文学社"，添了不少新会员，包括朱湘、孙大雨、闻一多、谢文炳、饶子离、杨子惠等。闻一多是个多才多艺的人，他不仅年纪比我们大两岁，在心理的成熟方面以及学识修养方面，都比我们不止大两岁，我们都把他当做老大哥看待。他长于图画，而国文根底也很坚实，作诗仿韩昌黎，硬语盘空，雄浑恣肆，而情感丰富，正直无私。这时候我和一多都大量地写白话诗，朝夕观摩，引为乐事。我们对于当时的几部诗集颇有一些意见，《冬夜》里有"被窝暖暖的，人儿远远的"之句，《草儿》里有《旗呀，旗呀，红、黄、蓝、白、黑的旗呀！》这样的一首，还有"如厕是早起后第一件大事"之句，我们都认为俗恶不堪，就诗论诗倒是《女神》的评价最高，基于这一点意见，一多写了一篇长文《冬夜评论》，由我寄给北京晨报副刊（孙伏园编）。我们很天真，以为报纸是公开的园地，我们以为文艺是可以批评的，但事实不如此。稿寄走之后，如石沉大海，杳无音讯，几番函询亦不得复音，幸亏尚留底稿，我决定自行刊印，自己又写了一篇《草儿评论》，合为《冬夜草儿评论》，薄薄的一百多页，用去印刷费百余元，是我父亲供给我的。这一小册的出版引起两个反响，一个是《努力周报》署名"哈"的一段短评，当然是冷嘲热骂，一个是创造社《女神》作者的来信赞美。由于此一契机我认识了创造社诸君。

我有一次暑中送母亲回杭州，路过上海，到了哈同路民厚南里，见到郭、郁、成几位，我惊讶的不是他们生活的清苦，而是他们的生活的颓废，尤以郁为最。他们引我从四马路的一端，吃大碗的黄酒，一直吃到另一端，在大世界追野鸡，在堂子里打茶围，这一切对于一个清华学生是够恐怖的。后来郁达夫到清华来看我，要求我两件事，一是访圆明园遗址，一是逛北京的四等窑子，前者我欣然承诺，后者则清华学生夙无此等经验，未敢奉陪（后来他找到他的哥哥的洋车夫陪他去了一次，他表示甚为满意云）。

差不多同时我也由于通信而认识了南京高师的胡昭佐（梦华），由于他而认识了吴宓（雨僧），后来又认识了梅光迪（迪生）、胡先辅（步青）诸位。对于南京一派比较守旧的思潮，我也有一点同情，并不想把他们一笔抹杀。

我的父亲总是担心我的国文根底不够，所以每到暑假他就要我补习国文，我的教师是仪征陈止（孝起）先生，他的别号是大镫，是一位纯旧式的名士，诗词文章无所不能，尤好收集小品古董，家里满目琳琅。我隔几天送一篇文章请他批改，偶然也作一点旧诗。但是旧文学虽然有趣，我可以研究欣赏，却无模拟的兴致，受过"五四"洗礼的人是不能再回复到以前的那个境界里去了。


八


临毕业前一年是最舒适的一年，搬到向往已久的大楼里面去住，别是一番滋味。这一部分的宿舍有较好的设备，床是钢丝的，屋里有暖气炉，厕所里面有淋浴有抽水马桶。不过也有人不能适应抽水马桶，以为做这种事而不采取蹲的姿势是无法完成任务的（我知道顾德铭即是其中之一，他一清早就要急急忙忙跑到中等科去照顾那九间楼），可见吸收西方文化也并不简单，虽然绝大多数的人是乐于接受的。

和我同寝室的是顾毓琇、吴景超、王化成，四个少年意气扬扬共居一室，曾经合照过一张相片，坐在一条长凳上，四副近视眼镜，四件大长袍，四双大皮鞋，四条跷起来的大腿，一派生愣的模样。过了二十年，我们四个在重庆偶然聚首，又重照了一张，当时大家就意识到这样的照片一生中怕照不了几张。当时约定再过二十年一定要再照一张，现在拍照第三张的时期已过，而顾毓琇定居在美国，王化成在葡萄牙任公使多年之后病殁在美国，吴景超在大陆上，四人天各一方，萍踪飘泊，再聚何年？今日我回忆四十年前的景况，恍如昨日：顾毓琇以"一樵"的笔名忙着写他的《芝兰与茉莉》，寄给文学研究会出版，我和景超每星期都要给《清华周刊》写社论和编稿。提起《清华周刊》，那也是值得回忆的事。我不知哪一个学校可以维持出版一种百八十页的周刊，历久而不停，里面有社论、有专文、有新闻、有通讯、有文艺。我们写社论常常批评校政，有一次我写了一段短评鼓吹男女同校，当然不是为私人谋，不过措词激烈了一点，对校长之庸弱无能大肆抨击，那时的校长是曹云祥先生（好像是做过丹麦公使，娶了一位洋太太，学问道德如何则我不大清楚），大为不悦，召吴景超去谈话，表示要给我记大过一次。景超告诉他："你要处分是可以的，请同时处分我们两个，因为我们负共同责任。"结果是采官僚作风，不了了之。我喜欢文学，清华文艺社的社员经常有作品产生，不知我们这些年轻人为什么有那样大的胆量，单凭一点点热情，就能振笔直书从事创作，这些作品经由我的安排，便大量地在周刊上发表了，每期有篇幅甚多的文艺一栏自不待言，每逢节日还有特刊副刊之类，一时文风甚盛。这却激怒了一位同学（梅汝璈），他投来一篇文章《辟文风》，我当然给他登出来，然后再辞而辟之。我之喜欢和人辩驳问难，盖自此时始，我对于写稿和编辑刊物也都在此际得到初步练习的机会。周刊在经济方面是学校支持的，这项支出有其教育的价值。

我以清华周刊编者的名义，到城里陟山门大街去访问胡适之先生。原因是梁任公先生应清华周刊之请写了一个《国学必读书目》，胡先生不以为然，公开地批评了一番。于是我径去访问胡先生，请他也开一个书目。胡先生那一天病腿，躺在一张藤椅上见我，满屋里堆的是线装书。这是我第一次见到胡先生，清癯的面孔，和蔼而严肃，他很高兴地应了我们的请求。后来我们就把他开的书目发表在清华周刊上了。这个书目引出吴稚晖先生的一句名言："线装书应该丢到茅厕坑里去！"

我必须承认，在最后两年实在没有能好好地读书，主要的原因是心神不安，我在这时候经人介绍认识了程季淑女士，她是安徽绩溪人，刚从女子师范毕业，在女师附小教书，我初次和她会晤是在宣外珠巢街女子职业学校里，那时候男女社交尚未公开，双方家庭也是相当守旧的，我和季淑来往是秘密进行的，只能在中央公园、北海等地约期会晤。我的父亲知道我有女友，不时地给我接济，对我帮助不少。我的三妹亚紫在女师大，不久和季淑成了很好的朋友。

青春初恋期间谁都会神魂颠倒，睡时，醒时，行时，坐时，无时不有一个情影盘踞在心头，无时不感觉热血在沸腾，坐卧不宁，寝馈难安，如何能沉下心读书？"一日不见，如三秋兮！"更何况要等到星期日才能进得城去谋片刻的欢会？清华的学生有异性朋友的很少，我是极少数特殊幸运的一个。因为我们每星期日都风雨无阻地进城去会女友，李迪俊曾讥笑我们为"主日派"。

对于毕业出国，我一向视为畏途。在清华有读不完的书，有住不腻的环境，在国内有舍不得离开的人，那么又何必去父母之邦？所以和闻一多屡次商讨，到美国那样的汽车王国去，对于我们这样的人有无必要？会不会到了美国被汽车撞死为天下笑？一多先我一年到了美国，头一封来信劈头一句话便是："我尚未被汽车撞死！"随后劝我出国去开开眼界。事实上清华也还没有过毕业而拒绝出国的学生。我和季淑商量，她毫不犹豫地劝我就道，虽然我们知道那别离的滋味是很难熬的。这时候我和季淑已有成言，我答应她，三年为期，期满即行归来。于是我准备出国。季淑绣了一幅"平湖秋月图"给我，这幅绣图至今在我身边。

出国就要治装，我不明白为什么外国人到中国来不需治中装，而中国人到外国去就要治西装。清华学生平素没有穿西装的，都是布衣布褂，我有一阵还外加布袜布鞋。毕业期近，学校发一笔治装费，每人约三五百元之数，统筹办理，由上海恒康西服庄派人来承办。不匝月而新装成，大家纷纷试新装，有人缺领巾，有人缺衬衣，有的肥肥大大如稻草人，有的窄小如猴子穿戏衣，真可说得上是"沐猴而冠"。这时节我怀想红顶花翎靴袍褂出使外国的李鸿章，他有那一份胆量不穿西装，虽然翎顶袍褂也并非是我们原来的上国衣冠。我有一点厌恶西装，但是不能不跟着大家走。在治装之余我特制了一面长约一丈的绸质大国旗——红黄蓝白黑的五色旗，这在后来派了很大的用场，在美国好多次集会（包括孙中山先生逝世时纽约中国人的追悼会）都借用了我这一面特大号的国旗。

到了毕业那一天（六月十七日），每人都穿上自纺绸长袍黑纱马褂，在校园里穿梭般走来走去，像是一群花蝴蝶。我毕业还不是毫无问题的，我和赵敏恒二人因游泳不及格几乎不得毕业，我们临时苦练，豁出去喝两口水，连爬带泳，凑和着也补考及格了，体育教员马约翰先生望着我们两个人只是摇头。行毕业礼那天，我还是代表全班的三个登台致词者之一，我的讲词规定是预言若干年后同学们的状况，现在我可以说，我当年的预言没有一句是应验了的！例如：谢奋程之被日军刺杀，齐学启之殉国，孔繁祁之被汽车撞死，盛斯民之疯狂以终，这些倒霉的事固然没有料到，比较体面的事如孙立人之于军事，李先闻之于农业，李方桂之于语言学，应尚能之于音乐，徐宗涑之于水泥工业，吴卓之于糖业，顾毓琇之于电机工程，施嘉炀之于土木工程，王化成、李迪俊之于外交……均有卓越之成就，而当时也并未窥见端倪。至于区区我自己，最多是小时了了，到如今一事无成，徒伤老大，更不在话下了。毕业那一天有晚会，演话剧助兴，剧本是顾一樵临时赶编的三幕剧《张约翰》。剧中人物有女性二人，谁也不愿担任，最后由我和吴文藻承乏。我的服装有季淑给我缝制的一条短裤和短裙，但是男人穿高跟鞋则尺寸不合无法穿着，最后向 Miss Lyggate 借来一试，还累嫌松一点点。演出时我特请季淑到校参观，当晚下榻学生会办公室，事后我问她我的表演如何，她笑着说："我不敢仰视。"事实上这不是我第一次演戏，前一年我已经演过陈大悲编的《良心》，导演人即是陈大悲先生。不过串演女角，这是生平仅有的一次。

拿了一纸文凭便离开了清华园，不知道是高兴还是哀伤。两辆人力车，一辆拉行李，一辆坐人，在骄阳下一步一步地踏向西直门。心里只觉得空虚怅惘。此后两个月中酒食征逐，意乱情迷，紧张过度，遂患甲状腺肿，眼珠突出，双手抖颤，积年始愈。

家父给了我同文书局石印大字本的前四史，共十四函，要我在美国课余之暇随便翻翻，因为他始终担心我的国文根底太差。这十四函线装书足足占我大铁箱的一半空间，这原是吴稚晖先生认为应该丢进茅厕坑里去的东西，我带过了太平洋，又带回了太平洋，差不多是原封未动交还给家父，实在好生惭愧。老人家又怕在美膏火不继，又给了我一千元钱，半数买了美金硬币，半数我在上海用掉。我自己带了一具景泰蓝的香炉，一些檀香木和粉，因为我认为这是中国文化中最好的一项代表性的艺术品，我一向向往"焚香默坐"的那种境界。这一具香炉，顶上有一铜狮，形状瑰丽，闻一多甚为欣赏，后来我在科罗拉多和他分手时便举以相赠，我又带了一对景泰蓝花瓶，后来为了进哈佛大学的缘故在暑期中赶补拉丁文，就把这对花瓶卖了五十元美金充学费了。此外我还在家里搜寻了许多绣活和朝服上的"黻子"，后来都成了最受人欢迎的礼物。

　　一九二三年八月里，在凄风苦雨里的一天早晨，我在院里走廊上和弟妹们吹了一阵胰子泡，随后就噙着泪拜别父母，起身到上海候船放洋。在上海停了一星期，住在旅馆里写了一篇纪实的短篇小说，题为《苦雨凄风》，刊在创造周报上。我这一班，在清华是最大的一班，入学时有九十多人，上船时淘汰剩下六十多人了。登"杰克逊总统号"的那一天，船靠在浦东，创造社的几位到码头上送我。住在嘉定的一位朋友派人送来一面旗子，上面亲自绣了"乘风破浪"四个字。其实我哪里有宗悫的志向？我愧对那位朋友的期望。

　　清华八年的生涯就这样的结束了。

槐园梦忆

一

季淑于一九七四年四月三十日逝世，五月四日葬于美国西雅图之槐园（Acacia Memorial Park）。槐园在西雅图市的极北端，通往包泽尔（Bothell）的公路的旁边，行人老远地就可以看见那一块高地，芳草如茵，林木蓊郁，里面的面积很大，广袤约百数十亩。季淑的墓在园中之桦木区（Birch Area），地号是 16-C-33，紧接着的第十五号是我自己的预留地。这个墓园本来是共济会所创建的，后来变为公开，非会员亦可使用。园里既没有槐，也没有桦，有的是高大的枞杉和山杜鹃之属的花木。此地墓而不坟，墓碑有标准的形式与尺寸，也是平铺在地面上，不是竖立着的，为的是便利机车割草。墓地一片草皮，永远是绿茸茸，经常有人修剪浇水。墓旁有一小喷水池，虽只喷涌数尺之高。但泪泪之泉其声呜咽，逝者如斯，发人深省。往远处看，一层层的树，一层层的山，天高云谲，瞬息万变。俯视近处则公路蜿蜒，车如流水，季淑就是在这样的一个地方长眠千古。

"圣人忘情，最下不及情，情之所钟，正在我辈"，这是很平实的话。虽不必如荀粲之惑溺，或蒙庄之鼓歌，但夫妻版合，一旦永诀，则不能不中心惨怛。"美国华盛顿大学心理治疗系教授霍姆斯设计一种计点法，把生活中影响我们的变异，不论好坏，依其点数列出一张表。"（见一九七四年五月份《读者文摘》中文版）在这张表上"丧偶"高列第一，一百点，依次是离婚七十三点，判服徒刑六十三点等等。丧偶之痛的深度是有科学统计的根据的。我们中国文学里悼亡之作亦屡屡见，晋潘安仁有悼亡诗三首：

荏苒冬春谢，寒暑忽流易。
之子归穷泉，重壤永幽隔！
私怀谁克从，淹留亦何益？
僶俛恭朝命，回心反初役，
望庐思其人，入室想所历，
帏屏无仿佛，翰墨有余迹，
流芳未及歇，遗挂犹在壁，
怅恍如或存，回惶忡惊惕。
如彼翰林鸟，双栖一朝只；
如彼游川鱼，比目中路析。
春风缘隙来，晨溜依檐滴，
寝兴何时忘，沉忧日盈积，
庶几有时衰，庄缶犹可击。

皎皎窗中月，照我室南端，

清商应秋至，溽暑随节阑，

凛凛凉风升，始觉夏衾单。

岂曰无垂纤，谁与同岁寒？

岁寒无与同，朗月何胧胧！

展转盼枕席，长簟竟床空！

床空委清尘，室虚来悲风，

独无李氏灵，仿佛睹尔容！

抚襟长叹息，不觉涕沾胸，

沾胸安能已，悲怀从中起。

寝兴目存形，遗言犹在耳。

上惭东门吴，下愧蒙庄子，

赋诗欲见志，零落难具纪。

命也可奈何，长戚自令鄙。


曜灵运天机，四节代迁逝。

凄凄朝露凝，烈烈夕风厉。

奈何悼淑俪，仪容永潜翳！

念此如昨日，谁知已卒岁！

改服从朝政，哀心寄私制；

茵帱张故房，朔望临尔祭。

尔祭讵几时，朔望忽复尽。

衾裳一毁撤，千载不复引。

亹亹期月周，戚戚弥相愍，

悲怀感物来，泣涕应情陨。

驾言陟东阜，望坟思纡轸，

徘徊墟墓间，欲去复不忍。

徘徊不忍去，徙倚步踟蹰，

落叶委埏侧，枯荄带坟隅。

孤魂独茕茕，安知灵与无？

投心遵朝命，挥涕强就车。

谁谓帝宫远，路极悲有余！

　　这三首诗从前读过，印象不深，现在悼亡之痛轮到自己，环诵
再三，从"重壤永幽隔"至"徘徊墟墓间"，好像潘安仁为天下丧
偶者道出了心声。故录此诗于此，代摅我的哀思。不过古人为诗最
重含蓄蕴藉，不能有太多的细腻的写实的描述。例如，我到季淑的
墓上去，我的感受便不只是"徘徊不忍去"，亦不只是"孤魂独茕茕"，
我要先把鲜花插好（插在一只半埋在土里的金属瓶里），然后灌满
了清水；然后低声地呼唤她几声，我不敢高声喊叫，无此需要，并
且也怕惊了她；然后我把一两个星期以来所发生的比较重大的事报
告给她，我不能不让她知道她所关切的事；然后我默默地立在她的
墓旁，我的心灵不受时空的限制，飞跃出去和她的心灵密切吻合在

一起。如果可能，我愿每日在这墓园盘桓，回忆既往，没有一个地方比槐园更使我时时刻刻地怀念。

死是寻常事，我知道，堕地之时，死案已立，只是修短的缓刑期间人各不同而已。但逝者已矣，生者不能无悲。我的泪流了不少，我想大概可以装满罗马人用以殉葬的那种"泪壶"。有人告诉我，时间可以冲淡哀思。如今几个月已经过去，我不再泪天泪地地哭，但是哀思却更深了一层，因为我不能不回想五十多年的往事，在回忆中好像我把如梦如幻的过去的生活又重新体验一次，季淑没有死，她仍然活在我的心中。

二

季淑是安徽省徽州绩溪县人。徽州大部分是山地，地瘠民贫，很多人以种茶为业，但是皖南的文风很盛，人才辈出。许多人外出谋生，其艰苦卓绝的性格大概和那山川的形势有关。季淑的祖父程公讳鹿鸣，字苹卿，早岁随经商的二伯父到了京师。下帷苦读，场屋连捷，后实授直隶省大名府知府，勤政爱民，不义之财一芥不取，致仕时囊橐以去者仅万民伞十余具而已。其元配逝时留下四女七子，长子讳佩铭字兰生即季淑之父，后再续娶又生二子，故程府人丁兴旺，为旅食京门一大家族。季淑之母吴氏，讳浣身，安徽歙县人，累世业茶，寄籍京师。季淑之父在京经营笔墨店程五峰斋，全家食指浩繁，生活所需皆取给于是，身为长子者为家庭生计而牺牲其读书仕进。季淑之母位居长嫂，俗云"长嫂比母"，于是操持家事艰苦备尝，而周旋于小姑小叔之间其含辛茹苦更不待言。科举废除之后，笔墨店之生意一落千丈，程五峰斋终于倒闭。季淑父只身走关外，不久殁于客中，时季淑尚在髫龄，年方九岁，幼年失怙打击终身。季淑同胞五人，大姐孟淑长季淑十一岁，适丁氏，抗战期间在川尚曾晤及，二姐仲淑、兄道立、弟道宽则均于青春有为之年死于肺痨。与母氏始终相依为命者，唯季淑一人。

季淑的祖父，六十岁患瘫痪，半身不遂。而豪气未减，每天看报，看到贪污枉法之事，就拍桌大骂声震屋瓦。雅好美食，深信"七十非肉不饱"之义，但每逢朔望则又必定茹素为全家祈福，茹素则哽咽不能下咽，于是非嫌油少，即怪盐多。有一位叔父乘机进言，"曷不请大嫂代表茹素，双方兼顾？"一方是"心到神知"之神，一方是非肉不饱的老者。从此我的岳母朔望代表茹素，直到祖父八十寿终而后已。叔父们常常宴客，宴客则请大嫂下厨，家里虽有厨师，佳肴仍需亲自料理，灶前伫立过久，足底生茧，以至老年不良于行。平素家里用餐，长幼有别，男女有别，媳妇孙女常常只能享受一些残羹剩炙。有一回一位叔父扫除房间，命季淑抱一石屏风至户外拂拭，那时她只有十岁光景，出门而踣，石屏风破碎，叔父大怒，虽未施夏楚，但诃责之余复命长跪。

季淑从小学而中学而国立北京女高师之师范本科，几乎在饔飧不继的情形之下靠她自己努力奋斗而不辍学，终于一九二一年六月毕业。从此她离开了那个大家庭，开始她的独立的生活。

# 三

季淑于女高师的师范本科毕业之后，立刻就得到一份职业。由于她的女红特佳，长于刺绣，她的一位同学欧淑贞女士任女子职业学校校长，约她去担任教师。我就是在这个时候认识她的。

我们认识的经过是由于她的同学好友黄淑贞（湘翘）女士的介绍，"取妻如何，匪媒不得"。淑贞的父亲黄运兴先生和我父亲是金兰之交，他是湖南沅陵人，同在京师警察厅服务，为人公正率直而有见识，我父亲最敬重他。我当初之投考清华学校也是由于这位父执之极力怂恿。其夫人亦是健者，勤俭耐劳，迥异庸流。淑贞在女高师体育系，和季淑交称莫逆，我不知道她怎么想起把她的好友介绍给我。她没有直接把季淑介绍给我。她是浼她母亲（父已去世）到我家正式提亲做媒。我在周末回家时在父亲书房桌上信斗里发现一张红纸条，上面恭楷写着"程季淑，安徽绩溪人，年二十岁，一九〇一年二月十七日寅时生"。我的心一动。过些日我去问我大姐，她告诉我是有这么一回事，并且她说已陪母亲到过黄家去相亲，看见了程小姐。大姐很亲切地告诉我说："我看她人挺好，满斯文的，双眼皮大眼睛，身材不高，腰身很细，好一头乌发，挽成一个髻堆在脑后，一个大篷覆着前额，我怕那篷下面遮掩着疤痕什么的，特地搭讪着走过去，一面说着'你的头发梳得真好'，一面掀起那发篷看看。"我赶快问，"有什么没有？"她说："什么也没有。"我们哈哈大笑。

事后想想，这事不对，终身大事须要自作主张。我的两个姐姐和大哥都是凭了媒妁之言和家长的决定而结婚的。这时候是"五四运动"后两年，新的思想打动了所有的青年。我想了又想，决定自己直接写信给程小姐问她愿否和我做个朋友。信由专差送到女高师，没有回音，我也就断了这个念头。过了很久，时届冬季，我忽然接到一封匿名的英文信，告诉我"不要灰心，程小姐现在女子职业学校教书，可以打电话去直接联络……"等语。朋友的好意真是可感。我遵照指示大胆地拨了一个电话给一位夙未谋面的小姐。

季淑接了电话，我报了姓名之后，她一惊，半晌没说出话来，我直截了当地要求去见面一谈，她支支吾吾地总算是答应我了。她生长在北京，当然说的是道地的北京话，但是她说话的声音之柔和清脆是我所从未听到过的。形容歌声之美往往用"珠圆玉润"四字，实在是非常恰当。我受了刺激，受了震惊，我在未见季淑之前先已得到无比的喜悦。莎士比亚在《李尔王》五幕三景有一句话：

Her voice was ever soft,

Gentle and low, an excellent thing in woman.

她的言语总是温和的，

轻柔而低缓，是女人最好的优点。

好不容易熬到会见的那一天！那是一个星期六午后，我只有在周末才能进城。由清华园坐人力车到西直门，约一小时，我特别感觉到那是漫漫的长途。到西直门换车进城。女子职业学校在宣武门外珠巢街，好荒凉而深长的一条巷子，好像是从北口可以望到南城根。由西直门走了半个多小时，终于找到了这条街上的学校。看门的一个老头儿引我进入一间小小的会客室。等了相当长久的时间，一阵唧唧哝哝的笑语声中，两位小姐推门而入。这两位我都是初次见面。黄小姐的父亲我是见过多次的，她的相貌很像她的父亲，所以我立刻就知道另一位就是程小姐。但是黄小姐还是礼貌地给我们介绍了。不大的工夫，黄小姐托故离去，季淑急得直叫"你不要走，你不要走"！我们两个互相打量了一下，随便扯了几句淡话。季淑确是有一头乌发，如我大姐所说，发髻贴在脑后，又圆又凸，而又亮晶晶的，一个松松泡泡的发篷覆在额前。我大姐不轻许人，她认为她的头发确实处理得好。她的脸上没有一点脂粉，完全本来面目，她若和一些浓妆艳抹的人出现在一起会令人有异样的感觉。我最不喜欢上帝给你一张脸面你自己另造一张。季淑穿的是一件灰蓝色的棉袄，一条黑裙子，长抵膝头。我偷眼往桌下一看，发现她穿着一双黑绒面的棉毛窝，上面凿了许多眼，系着黑带子，又暖和又舒服的样子。衣服、裙子、毛窝，显然全是自己缝制的。她是百分之百的一个朴素的女学生。我那一天穿的是一件蓝呢长袍，挽着袖口，胸前挂着清华的校徽，穿着一双棕色皮鞋。好多年后季淑对我说，她喜欢我那一天的装束，也因为那是普通的学生样子。那时候我照过一张全身立像，我举以相赠，季淑一直偏爱这张照片，后来到了台湾她还特为放大，悬在寝室，我在她入殓的时候把这张照片放进棺内，我对着她的尸体告别说："季淑，我没有别的东西送给你，你把你所最喜爱的照片拿去吧！它代表我。"

短暂的初次会晤大约有半小时。屋里有一个小火炉，阳光照在窗户纸上，使小屋和暖如春。这是北方旧式房屋冬天里所特有的一种气氛。季淑不是健谈的人，她有几分矜持，但是她并不羞涩。我起立告辞，我没有忘记在分手之前先约好下次会面的时间与地点。

下次会面是在一个星期后，地点是中央公园。人类的历史就是由一个男人一个女人在一个花园里开始的。中央公园地点适中，而且有许多地方可以坐下来休息。唯一讨厌的是游人太多，像来今雨轩、春明馆、水榭，都是人挤人、人看人的地方，为我们所不取。我们愿意找一个僻静的亭子、池边的木椅，或石头的台阶。这种地方又往往为别人捷足先登或盘踞取闹。我照例是在约定的时间前十五分钟到达指定的地点。和任何人要约，我也不愿迟到。我通常是在水榭的旁边守候，因为从那里可以望到公园的门口。等人是最令人心焦的事，一分一秒地耗着，不知看多少次手表，可是等到你所期待的人远远的姗姗而来，你有多少烦闷也丢到九霄云外去了。季淑不愿先我而至，因为在那个时代一个年轻女子只身在公园里踱着是会引起麻烦来的。就是我们两个并肩在路上行走，也常有些不三不四的人在吹口哨。

有时候我们也到太庙去相会，那地方比较清静，最喜的是进门右手一大片柏树林，在春暖以后有无数的灰鹤停驻在树巅，嘹唳的声音此起彼落，有时候轰然振羽破空而去。在不远处设有茶座，季淑最喜欢鸟，我们常常坐在那里对着灰鹤出神。可是季节一过，灰鹤南翔，这地方就萧瑟不堪，连坐的地方也没有了。北海当然是好去处，金鳌玉的桥我们不知走过多少次数。漪澜堂是来往孔道，人太杂沓，五龙亭最为幽雅。大家挤着攀登的小白塔，我们就不屑一顾了。电影偶然也看，在真光看的飞来伯主演的《三剑客》，丽琳吉施主演的《赖婚》至今印象犹新，其余的一般影片则我们根本看不进去。

清华一位同学戏分我们一班同学为九个派别，其一曰"主日派"，指每逢星期日则精神抖擞整其衣冠进城去做礼拜，风雨无阻，乐此不倦，当然各有各的崇拜偶像，而其衷心向往虔心归主之意则一。其言虽谑，确是实情。这一派的人数不多，因为清华园是纯粹男性社会，除了几个洋婆子教师和若干教师眷属之外看不到一个女性。若有人能有机缘进城会晤女友，当然要成为令人羡慕的一派。我自度应属于此派。可怜现在事隔五十余年，我每逢周末又复怀着朝圣的心情去到槐园墓地捧着一束鲜花去做礼拜！

不要以为季淑和我每周小聚是完全无拘无束的享受。在我们身后吹口哨的固不乏人，不吹口哨的人也大都对我们投以惊异的眼光。这年轻轻的一男一女，在公园里彳亍而行，喁喁而语，是做什么的呢？我们格于形势，只能在这些公开场所谋片刻的欢晤。季淑的家是一个典型的大家庭，人多口杂。按照旧的风俗，一个二十岁的大姑娘和一个青年男子每周约会在公共场所出现，是骇人听闻的事，罪当活埋！冒着活埋的危险在公园里游憩啜茗，不能说是无拘无束。什么事季淑都没瞒着她的母亲，母亲爱女心切，没有责怪她，反而殷殷垂询，鼓励她，同时也警戒她要一切慎重，无论如何不能让叔父们知道。所以季淑绝对不许我到她家访问，也不许寄信到她家里。我的家简单一些，也没有那么旧，但是也没有达到可以公开容忍我们的行为的地步。只有我的三妹绣玉（后改亚紫）知道我们的事，并且同情我们、帮助我们。她们很快地成为好友，两个人合照过一张像，我保存至今。三妹淘气，有一次当众戏呼季淑为二嫂，后来季淑告诉我，当时好窘，但是心里也有一丝高兴。

事有凑巧，有一天我们在公园里的四宜轩品茗。说起四宜轩，这是我们毕生不能忘的地方。名为四宜，大概是指四季皆宜，"春有百花秋有月，夏有凉风冬有雪"。四宜轩在水榭对面，从水榭旁边的土山爬上去，下来再钻进一个乱石堆成的又湿又暗的山洞；跨过一个小桥，便是。轩有三楹，四面是玻璃窗。轩前是一块平地，三面临水，水里有鸭。有一回冬天大风雪，我们躲在四宜轩里，另外没有一个客人，只有茶房偶然提着开水壶过来，在这里我们初次坦示了彼此的爱。现在我说事有凑巧的一天是在夏季，那一天我们在轩前平地的茶座休息，在座的有黄淑贞，我突然发现不远一个茶桌坐着我的父亲和他的几位朋友。父亲也看见了我，他走过来招呼，我只好把两位小姐介绍给他，季淑一点也没有忸怩不安，倒是我觉得有些局促。我父亲代我付了茶资随后就离去了。回到家里，父亲问我："你们是不是三个人常在一起玩？"我说："不，黄淑贞是偶然遇到邀了去的。"父亲说:"我看程小姐很秀气,风度也好。"从此父亲不时地给我钱,我推辞不要,他说:"拿去吧,你现在需要钱用。"父亲为儿子着想是无微不至的。从此父亲也常常给我劝告,为我出主意,我们后来婚姻成功多亏父亲的帮助。

一九二二年夏,季淑辞去女职的事,改任石驸马大街女高师附属小学的教师。附小是季淑的母校,校长孙世庆原是她的老师,孙校长特别赏识她,说她稳重,所以聘她返校任职。季淑果不负他的期望,在校成为最肯负责的教师之一,屡次得到公开的褒扬。我常到附小去晤见季淑,然后一同出游。我去过几次之后,学校的传达室工友渐感不耐,我赶快在节关前后奉上银饼一枚,我立刻看到了一张笑逐颜开的脸,以后见了我,不等我开口就说:"梁先生您来啦,请会客室坐,我就去请程先生出来。"会客室里有一张鸳鸯椅,正好容两个人并坐。我要坐候很久,季淑才出来,因为从这时候起她开始知道修饰,每和我相见必定盛装。王右家是她这时候班上的学生之一。抗战爆发后我在天津罗努生、王右家的寓中下榻旬余日,有一天右家和我闲聊,她说:

"实秋你知道么,你的太太从前是我的老师?"

"我听内人说起过,你那时是最聪明美丽的一个学生。"

"哼,程老师是我们全校三十几位老师中之最漂亮的一位。每逢周末她必定盛装起来,在会客室晤见一位男友,然后一同出去。我们几个学生就好奇地麇集在会客室的窗外往里窥视。"

我告诉右家,那男友即是我。右家很吃一惊。我回想起,那时是有一批淘气的女孩子在窗外唧唧嘎嘎。我们走出来时，也常有蹦蹦跳跳的孩子们追着喊"程老师，程老师"！季淑就拍着她们的脑袋说："快回去，快回去！"

"你还记得程老师是怎样的打扮么？"我问右家。

右家的记忆力真是惊人。她说："当然。她喜欢穿的是上衣之外加一件紧身的黑缎背心，对不对？还有藏青色的百褶裙。薄薄的丝袜子，尖尖的高跟鞋。那高跟足有三寸半，后跟中细如蜂腰，黑绒鞋面，鞋口还锁着一圈绿丝线……"

我打断了她的话："别说了，别说了，你形容得太仔细了。"于是我们就泛论起女人的服装。右家说："一个女人最要紧的是她的两只脚。你没注意么，某某女士，好好的一个人，她的袜子好像是太松，永远有皱褶，鞋子上也有一层灰尘，令人看了不快。"我同意她的见解，我最后告诉她莎士比亚的一句名言："她的脚都会说话。"（见《脱爱勒斯与克莱西达》第四幕第五景）右家提起季淑的那双高跟鞋，使我忆起两件事。一次我们在公园里散步，后面有几个恶少紧随不舍，其中有一个人说："嘿，你瞧，有如风摆荷叶！"虽然可恶，我却觉得他善于取譬。后来我填了一首《卜算子》，中有一句"荷叶迎风舞"，即指此事。又有一次，在来今雨轩后面有一个亭子，通往亭子的小径都铺满了鹅卵石，季淑的鞋跟陷在石缝中间，扭伤了踝筋，透过丝袜可以看见一块红肿，在亭子里休息很久我才搀扶着她回去。

"五四"以后，写白话诗的风气颇盛。我曾说过，一个青年，到了"怨黄莺儿作对，怪粉蝶儿成双"的时候，只要会说白话，好像就可以写白话诗，我的第一首情诗，题为《荷花池畔》，发表在《创造》季刊，记得是第四期，成仿吾还不客气地改了几个字。诗没有什么内容，只是一团浪漫的忧郁。荷花池是清华园里唯一的风景区，有池有山有树有石栏，我在课余最喜欢独自一个在这里徘徊。诗共八节，每节四行，居然还凑上了自以为是的韵。我把诗送给父亲看，他笑笑避免批评，但是他建议印制自己专用的诗笺，他负责为我置办，图案由我负责。这是对我的一大鼓励。我当即参考图籍，用双钩饕餮纹加上一些螭虎，画成一个横方的宽宽的大框，框内空处写诗。由荣宝斋精印，图案刷浅绿色。朋友们写诗的人很多，谁也没见过这样豪华的壮举。诗，陆续作了几十首，我给我的朋友闻一多看，他大喜若狂，认为得到了一个同道的知己。我的诗稿现已不存，只是一多所作《冬夜评论》一文里引录了我的一首《梦后》，诗很幼稚，但是情感是真的。


"吾爱啊！
你怎又推荐那孤单的枕儿，
伴着我眠，偎着我的脸？"
醒后的悲哀啊！
梦里的甜蜜啊！


我怨雀儿，

雀儿还在檐下蜷伏着呢！

他不能唤我醒——

他怎肯抛了他的甜梦呢？


"吾爱啊！

对这得而复失的馈礼，

我将怎样的怨艾呢？

对这缥缈浓甜的记忆，

我将怎样的咀嚼哟！"


孤零零的枕儿啊！

想着梦里的她，

舍不得不偎着你；

她的脸儿是我的花，

我把泪来浇你！


　　不但是白话，而且是白描。这首诗的故实是起于季淑赠我一个枕套，是她亲手缝制的，在雪白的绸子上她用抽丝的方法在一边挖了一朵一朵的小花，然后挖出一串小孔穿进一根绿缎带，缎带再打出一个同心结。我如获至宝，套在我的枕头上，不大不小正合适。伏枕一梦香甜，蘧然惊觉，感而有作。其实这也不过是《诗经》所谓"寤寐无为，辗转伏枕"的意思。另外还有一首咏丝帕，内容还记得，字句记不得了。我与季淑约会，她从来不曾爽约，只有一次我候了一小时不见她到来。我只好懊丧地回去，事后知道是意外发生的事端使她迟到，她也是怏怏而返。我把此事告诉一多，他责备我未曾久候，他说："你不知道尾生的故事么？'《汉书东方朔传》注：尾生，古之信士，与女子期于桥下，待之不至，遇水而死。'"这几句话给了我一个启示，我写一首长诗《尾生之死》，惜未完成，仅得片断。

四

两年多的时间过得好快，一九二三年六月我在清华行毕业礼，八月里就要放洋，这在我是一件很忧伤的事。我无意到美国去，我当时觉得要学文学应该留在中国，中国的文学之丰富不在任何国家之下，何必去父母之邦？但是季淑见事比我清楚，她要我打消这个想法，毅然准备出国。

行毕业礼的前些天，在清华礼堂晚上演了一出新戏《张约翰》，是顾一樵临时赶编的。戏里面的人物有两个是女的，此事大费踌躇，谁也不肯扮演女性。最后由吴文藻和我自告奋勇才告解决。我把这事告诉季淑，她很高兴。在服装方面向她请教，她答应全力帮助，她亲手为我缝制，只有鞋子无法解决，季淑的脚比我小得太多。后来借到我的图画教师美籍黎盖特小姐的一双白色高跟鞋，在鞋尖处塞了好大一块棉花才能走路。我邀请季淑前去观剧，当晚即下榻清华，由我为她预备一间单独的寝室。她从来没到过清华，现在也该去参观一次。想不到她拒绝了。我坚请，她坚拒。最后她说："你若是请黄淑贞一道去，我就去。"我才知道她需要一个伴护。那一天，季淑偕淑贞翩然而至。我先领她们绕校一周，在荷花池畔徘徊很久，在亭子里休息，然后送她们到高等科大楼的楼上我所特别布置的一间房屋，那原是学生会的会所，临时送进两张钢丝床。工友送茶水，厨房送菜饭，这是一个学生所能做到的最盛大的招待。在礼堂里，我保留了两席最优的座位。戏罢，我问季淑有何感受，她说："我不敢仰视。"我问何故，她笑而不答。我猜想，是不是因为"良人者所仰望而终身也，今若是"！好久以后问她，她说不是，"我看你在台上演戏，我心里喜欢，但是我不知为什么就低下了头，我怕别人看我！"

清华的留学官费是五年，三年期满可以回国就业实习，余下两年官费可以保留，但实习不得超过一年。我和季淑约定，三年归来结婚。所以我的父母和我谈起我的婚事，我便把我和季淑的成约禀告。我的父母问我要不要在出国之前先行订婚，我说不必，口头的约定有充足的效力。也许我错误了。也许先有订婚手续是有益的，可以使我安心在外读书。

季淑的弟弟道宽在师大附中毕业之后，叔父们就忙着为他觅求职业，正值邮局招考服务人员，命他前去投考，结果考取了。季淑不以为然，要他继续升学。叔父们表示无力供给，季淑就说她可以担负读书费用。事实上季淑在女师附小任教的课余时间尚兼两个家馆，在董康先生、钟炳芬先生家里都担任过西席，宾主相得，待遇优厚，所以她有余力一面侍奉老母一面供给弟弟，虽然工作劳累，但她情愿独力担起弟弟就学的负担。但是叔父们不赞成，明言要早日就业，分摊家用。他本人也不愿累及胞姐，乃决定就业。那份工作很重，后来感染结核之后力疾上班，终于不起。道宽就业不久，更严重的问题逼人而来。叔父们要他结婚，季淑乃挺身抗议，以为他的年纪尚小，健康不佳，应稍从缓。叔父们的意见以为授室之后才算是尽了提携侄辈的天职，于心方安。同时冷言讥诮："是不是你自己想在你弟弟之先结婚？"道宽怯懦，禁不起大家庭的压迫，遂遵命结婚。妻李氏，人很贤淑，不幸不久亦感染结核症相继而逝。

也许是一年多来我到石驸马大街去的回数太多了一点，大约五六十次总是有的。学生如王右家只注意到了程老师的漂亮，同事当中有几位有身世之感的人可就觉得看不顺眼。渐渐有人把话吹到校长孙世庆的耳里。孙先生头脑旧一些，以为青年男女胆敢公然缔交出入黉舍，纵然不算是大逆不道，至少是有失师道尊严，所以这一年夏天季淑就没收到续聘书。没得话说，卷铺盖。不同时代的人，观念上有差别，未可厚非。季淑也自承疏忽，不该贪恋那张鸳鸯椅，我们应该无间寒暑地到水榭旁边去见面。所以我们对于孙世庆没有怨言，倒是他后来敌伪时期做了教育局长晚节不终，似至于明正典刑，我们为他惋惜。季淑决定乘我出国期间继续求学，于是投考国立美术专科学校，专习国画，晚间两个家馆的收入足可维持生活，榜发获捷，我们都很欢喜。

除了一盒精致信笺信封以外，我从来没送过她任何东西，我深知她的性格，送去也会被拒。那一盒文具，也是在几乎不愉快的情形之下才被收纳的。可是在长期离别之前不能不有馈赠，我在廊房头条太平洋钟表店买了一只手表，在我们离别之前最后一次会晤时送给了她。我解下她的旧的，给她戴上新的，我说："你的手腕好细！"真的，不盈一握。

　　季淑送我一幅她亲自绣的"平湖秋月图"。是用乱针方法绣的，小小的一幅，不过 7 寸 ×10.2 寸，有亭有水有船有树，是很好的一幅图画，配色尤为精绝。在她毕业于女高师的那一年夏天，她们毕业班曾集体作江南旅行，由南京、镇江、苏州、无锡、上海、以至杭州，所有的著名风景区都游览殆遍。我们常以彼此游踪所至作为我们谈话的资料。我们都爱西湖，她曾问我西湖八景之中有何偏爱，我说我最喜"平湖秋月"，她也正有同感。所以她就根据一张照片绣成一幅图画给我。那大片的水，大片的天，水草树木，都很不容易处理。我把这幅绣画带到美国，被一多看到，大为击赏，他引我到一家配框店选择了一个最精美而又色彩最调和的框子，悬在我的室中，外国人看了认为是不可想象的艺术作品。可惜半个世纪过后，有些丝线脱跳，色彩褪了不少，大致还是完好的。

　　我在八月初离开北京。临行前一星期我请季淑午餐，地点是劝业场三楼玉楼春。我点了两个菜之后要季淑点，她是从来不点菜的，经我逼迫，她点了"两做鱼"，因为她偶然听人说起广和居的两做鱼非常可口，初不知是一鱼两做。饭馆也恶作剧竟选了一条一尺半长的活鱼，半烧半炸，两大盘子摆在桌上，我们两个面面相觑，无法消受。这件事我们后来说给我们的孩子听，都不禁呵呵大笑。文蔷最近在饭馆里还打趣地说："妈，你要不要吃两做鱼？"这是我们年轻时候的韵事之一。事实上她是最喜欢吃鱼，如果有干烧鲫鱼佐餐，什么别的都不想要了。在我临行的前一天，她在来今雨轩为我饯行，那一天又是风又是雨。我到了上海之后，住在旅馆里，创造社的几位朋友天天来访，逼我给《创造周报》写点东西，辞不获已，写了一篇《凄风苦雨》，完全是季淑为我饯行时的忠实记录，文中的陈淑即是程季淑（全文附载《秋室杂忆》），其中有这样的一段：

雨住了。园里的景象异常清新，玎瑞的树枝缀着翡翠的树叶，荷池的水像油似的静止，雪氅黄喙的鸭子成群地叫。我们缓步走出水榭，一阵土湿的香气扑鼻；沿着池边小径走上两旁的甬道。园里还是冷清清的，天上的乌云还在互相追逐着。

"我们到影戏院去吧，天雨人稀，必定还有趣……"她这样的提议。我们便走进影戏院。里面观众果似晨星般稀少，我们便在僻处紧靠着坐下。铃声一响，屋里昏黑起来，影片像逸马一般在我眼前飞游过去，我的情思也跟着像机轮旋转起来。我们紧紧地握着手，没有一句话说。影片忽的一卷演讫，屋里光线放亮了一些，我看见她的乌黑眼珠正在不瞬地注视着我。

"你看影戏了没有？"

她摇摇头说："我一点也没有看进去，不知是些什么东西在我眼前飞过……你呢？"

我笑着说："和你一样。"

我们便这样的在黑暗的影戏院里度过两个小时。

我们从影戏院出来的时候，蒙蒙细雨又在落着，园里的电灯全亮起来了，照得雨湿的地上闪闪发光。远远地听到钟楼的当当的声音，似断似续地波送过来，只觉得凄凉黯淡……我扶着她缓缓地步入餐馆。疏细的雨点——是天公的泪滴，洒在我们身上。

她平时是不饮酒的，这天晚上却斟满一盏红葡萄酒，举起杯来低声地说：

"祝你一帆风顺，请尽这一杯！"

我已经泪珠盈睫了，无言地举起我的一杯，相对一饮而尽。餐馆的侍者捧着盘子在旁边诧异地望着我们。

我们就是这样的开始了我们的三年别离。


五


一九二三年九月一日我到达美国，随即前往科罗拉多泉去上学。那是一个山明水秀的风景地，也有的是恻兮僚兮的人物，但是我心里想的是——


　　出其东门，有女如云。虽则如云，匪我思存。缟衣綦巾，
　聊乐我员。
　　出其闉阇，有女如荼。虽则如荼，匪我思且，缟衣茹芦，

聊可与娱。

　　人心里的空间是有限的，一经塞满便再也不能填进别的东西。我不但游乐无心，读书也很勉强。

　　季淑来信报告我她顺利入学的情形，选的是西洋画系，很久时间都是花在素描上面。天天面对着石膏像，左一张右一张地炭画。后来她积了一大卷给我看，我觉得她画得相当好。她的线条相当有力，不像一般女子的纤弱。一多告诉我，素描是绘画的基本功夫，他在芝加哥一年也完全是炭画素描。季淑下半年来信说，她们已经开始画裸体模特儿了，男女老少的模特儿都有，比石膏像有趣得多。我买了一批绘画用具寄给她。包括木炭、橡皮、水彩、油料等等。这木炭和橡皮，比国内的产品好，尤其是那海绵似的方块橡皮松软合用。国内学生用面包代替橡皮，效果当然不好。季淑用我寄去的木炭和橡皮，画得格外起劲，同学们艳羡不止，季淑便以多余的分赠给她的好友们。油画，教师们不准她们尝试，水彩还可以勉强一试。季淑有了工具，如何能不使用？偕了同学外出写生，大家用水彩，只有她有油料可用。她每次画一张画，都写信详告，我每次接到信，都仔细看好几遍。我写信给她，寄到美专，她特别关照过学校的号房工友，有信就存在那里，由她自己去取，有一次工友特别热心，把我的信转寄到她家里去。信放在窗台上，幸而没有被叔父们撞见，否则拆开一看必定天翻地覆。

　　天翻地覆的事毕竟几乎发生。大约我出国两个月后，季淑来信，她的叔父们对她母亲说："大嫂，三姑娘也这么大了，老在外面东跑西跑也不像一回事，我们打算早一点给她完婚。××部里有一位科员，人很不错，年龄么……男人大个十岁八岁也没有关系。"这是通知的性质，不是商酌，更不是征求同意。这种情况早在我们料想之中，所以季淑按照我们预定计划应付，第一步是把情况告知黄淑贞，第二步是请黄家出面通知我的父母，由我父母央人出面正式做媒，同时由我作书禀告父母请求做主，第三步是由季淑自己出面去恳求比较温和开通的八叔（缵丞先生）惠予谅解。关键在第三步。她不能透露我们已有三年的交往，更不能说已有成言，只能扯谎，说只和我见过一面，但已心许。八叔听了觉得好生奇怪，此人既已去美，三年后才能回来，现在订婚何为？假使三年之后有变化呢？最后他明白了，他说，"你既已心许，我们也不为难你，现在一切作为罢论，三年以后再说。"这是最理想的结果，由于季淑的善于言辞，我们原来还准备了第四步，但是不需要了。可是此一波折，使我心情久久不能平复。

北京国立八校的教职员因政府欠薪而闹风潮，美专奉令停办。季淑才学了一年素描即告失学。一九二四年夏，我告别了风景优美的科罗拉多泉而进入哈佛研究院，季淑离开了北京而就教职于香山慈幼院。一九一七年熊希龄凭其政治地位领有香山全境，以风景最佳之"双清"为其别墅，以放领土地之收入举办慈幼院，由其夫人主持之。因经费宽裕校址优美，慈幼院在北京颇有小名。季淑受聘是因为她爱那个地方。凡是名山胜水，她无不喜爱，这是她毕生的嗜好。在香山两年她享尽了清福，虽然那里的人事复杂，一群蝇营狗苟的势利之辈环拱着炙手可热的权贵人家。季淑除了教书之外一切不闻不问。她的宿舍离教室很远，要爬山坡，并且有数百级石阶，上下午各走一趟，但不以为苦。周末常约友好骑驴，游踪遍及八大处。西山一带的风景，她比我熟，因为她在香山有两年的勾留。

季淑的宿舍在山坡下，她的一间是在一排平房的中间，好像是第三个门。门前有一条廊檐。有一天阴霾四合，山雨欲来，一霎间乌云下坠，雨骤风狂。在山地旷野看雨，是有趣的事。季淑独在檐下站着，默默地出神，突然一声霹雳，一震之威几乎使她仆地，只见熊熊一团巨火打在离她身边不及十余尺的石桌石凳之上，白石尽变成黑色，硫磺的臭味历久不散。她说给我听，犹有余悸。

我们通信全靠船运，需十余日方能到达，但不必嫌慢，因为如果每天写信隔数日付邮，差不多每隔三两天都可以收到信。我们是每天写一点，积一星期可得三数页，一张信笺两面写，用蝇头细楷写，这样的信收到一封可以看老大半天。三年来我们各积得一大包。信的内容有记事，有抒情，有议论，无体不备。季淑把我的信收藏在一个黑漆的首饰匣里，有一天忘了锁，钥匙留插在锁孔里，大家唤做小方的一位同事大概平素早就留心，难逢的机会焉肯放过，打开匣子开始阅览起来，临走还带了几封去。小方笑呵呵地把信里的内容背诵几段，季淑才发现失窃。在几经勒索要挟之下才把失物赎回。我曾选读"伯朗宁与丁尼生"一门功课，对伯朗宁的一首诗 One Word More 颇为欣赏，我便摘了下列三行诗给季淑看：

God be thanked, the meanest of his creatures

Boasts two soul-sides, one to face the world with,

one to show a woman when he loves her.

感谢上帝，他的最卑微的生人

也有两面的灵魂，一面对着世人，

一面给他所爱的女人看。

不过伯朗宁还是把他的情诗公诸于世了。我的书信不是预备公开的，于一九四八年冬离家时付之一炬。小方看过其中的几封信，不知道她看的时候心中有何感受。

## 六

三年的工夫过去了。一九二六年七月间麦金莱总统号在黎明时抵达吴淞口外抛锚候潮，我听到青蛙鼓噪，我看到滚滚浊流，我回到了故国。我拿着梅光迪先生的介绍信到南京去见胡先辅先生，取得国立东南大学的聘书，就立刻北上天津。我从上海致快函给季淑，约她在天津会晤，盘桓数日，然后一同返京，她不果来，事后她向我解释，"名分未定，行为不可不检"，我觉得她的想法对，不能不肃然起敬。邓约翰（John Donne）有一首诗《出神》（The Extasie），其中有两节描写一对情侣的关系真是恰如分际：

Our hands were firmly cemented

With a fast balm, which thence did spring,

Our eye-beames twisted and did thred

Our eyes, upon one double string;


So to' entergraft our hands, as yet

Was all the meanes to make us one,

And pictures in our eyes to get

Was all our propagation.


我们的手牢牢地握着，

手心里冒出黏黏的汗，

我们的视线交缠，

拧成双股线穿入我们的眼；


两手交接是我们当时

唯一途径使我们融为一体，

眼中倩影是我们

所有的产生出来的成绩。

久别重逢，相见转觉不能交一语。季淑说："华，你好像瘦了一些。"当然，怎能不瘦？她也显得憔悴。我们所谈的第一桩事是商定婚期，暑假内是不可能，因为在八月底我要回到南京去授课，遂决定在寒假里结婚。这时候有人向香山慈幼院的院长打小报告："程季淑不久要结婚了，下半年的聘书最好不要发给她。"季淑不欲在家里等候半年，需要一个落脚处。她的一位朋友孙亦云女士任公立第三十六小学校长，学校在北新桥附近府学胡同，承她同情，约请季淑去做半年的教师。

我到香山去接季淑搬运行李进城是一件难忘的事。一清早我雇了一辆汽车，车身高高的，用曲铁棍摇半天才能发动引擎的那样的汽车，出城直奔西山，一路上汽车喇叭呜呜叫叫，到达之后她的行李早已预备好，一只箱子放进车内，一个相当庞大的铺盖卷只好用绳子系在车后。我们要利用这机会游览香山。季淑引路，她非常矫健，身轻似燕，我跟在后面十分吃力，过了双清别墅已经气喘如牛，到了半山亭便汗流浃背了。季淑把她撑着的一把玫瑰紫色的洋伞让给我，也无济于事。后来找到一处阴凉的石头，我们坐了下来。正喘息间，一个卖烂酸梨的乡下人担着挑子走了过来，里面还剩有七八只梨，我们便买了来吃。在口燥舌干的时候，烂酸梨有如甘露。抬头看，有小径盘旋通往山巅，据说有十八盘，山巅传说是清高宗重阳登高的所在，旧名为重阳亭，实际上并没有亭子，如今俗名为"鬼见愁"。季淑问我有无兴趣登高一望，我说鬼见犹愁，我们不去也罢。她是去过很多次的。

我们在西山饭店用膳之后，时间还多，索性尽一日之欢，顺道前往玉泉山。玉泉山是金、元、明、清历代帝王的行宫御苑，乾隆写过一篇《玉泉山记》，据说这里的水质优美饮之可以长寿，赐名为"天下第一泉"。如今宫殿多已倾圮，沦为废墟，唯因其已荒废，掩去了它的富丽堂皇的俗气，较颐和园要高雅得多。我们一进园门就被一群穷孩子包围，争着要做向导，其实我们不需向导，但是孩子们嚷嚷着说，"你们要喝泉水，我有干净杯子；你们要登玉峰塔，我给你们领取钥匙……"无可奈何，拣了一个老实相的小孩子。他真亮出一只杯子，在那细石流沙绿藻紫荇历历可数的湖边喷泉处舀了一杯泉水，我们共饮一杯，十分清洌。随后我们就去登玉峰塔。塔在山顶，七层九丈九尺，盘旋拾级而上，嘱咐小孩在下面静候。我们到达顶层，就拂拂阶上的尘土，坐下乘凉，真是一个好去处。好像不大的工夫，那孩子通通通地蹿上来了，我问他为什么要上来，他说他等了好久好久不见人下来，所以上来看看。于是我们就拾级而下，我对季淑说："你不记得我们描过的红模子么？'王子去求仙，丹成上九天，洞中方七日，人世几千年。'塔上面和塔下面时间过得快慢原不相同。"相与大笑。回到城里，我送季淑到黄淑贞家把行李卸下我就走了，以后我们几次晤见是在三十六小学。

暑假很快地过去，我到南京去授课。在东南大学校门正对面有一条小巷，蓁巷，门牌四号是过探先教授新建的一栋平房，招租。一栋房分三个单位，各有四间。房子不肯分租，我便把整栋房子租了下来，一年为期。我自占中间一所，右边一所分给余上沅、陈衡粹夫妇，左边一所分给张景钺、崔芝兰夫妇，三家均摊房租，三家都是前后准备新婚。我搬进去的第一天，真是家徒四壁，上沅和我天天四处奔走购置家具等物。寝室墙刷粉红色，书房淡蓝色。有些东西还需要设计定制。足足忙了几个月，我写信给季淑："新房布置一切俱全，只欠新娘。"房子有一大缺点，寝室后边是一大片稻田，施肥的时候必须把窗紧闭。生怕这一点新娘子感到不满。

南京冬天也相当冷，屋里没有取暖的设备。季淑用蓝色毛绳线给我织了一条内裤，由邮寄来。一排四颗黑扣子，上面的图案是双喜字。我穿在身上说不出的温暖，一直穿了几十年，这半年季淑很忙，一面教书一面筹备妆奁，利用她六年来的积蓄置办了四大楠木箱的衣物，没有一个人帮她一把忙。


七


我们结婚的日子是一九二七年二月十一日，行礼的地点是北京南河沿欧美同学会。这是我们请出媒人正式往返商决的。婚前还要过礼，亦日放定，言明一切从简，那两只大呆鹅也免了，甚至许多人所期望的干果饼饵之类也没有预备。只有一具玉如意，装在玻璃匣里，还有两匣首饰，由媒人送以女家。如意是代表什么，我不知道，有人说像灵芝，取其吉祥之意，有人则说得很难听。这具如意是我们的传家之宝，平常高高地放在上房条案上的中央，左金钟，右玉磬，永远没人碰的。有了喜庆大事，才拿出来使用，用毕送还原处。

以我所知，在我这回订婚以后还没有使用过一次。新娘子服装照例由男家准备，我母亲早已胸有成算，不准我开口。母亲带着我大姐到瑞蚨祥选购两身衣料，一身上衣与裙是粉红色的缎子，行婚礼时穿，一身上衣是蓝缎，裙子是红缎，第二天回门穿。都是全身定制绣花。母亲说若是没有一条红裙子便不能成为一个新娘子。她又说冬天冷，上衣非皮毛不可，于是又选了两块小白狐。衣服的尺寸由女家开了送来，我母亲一看大惊："一定写错了，腰身这样小，怎穿得上！"托人再问，回话说没错，我心中暗暗好笑，我早知道没错。棉被由我大姐负责缝制，她选了两块被面，一床洋妃色，一床水绿色，最妙的是她在被的四角缝进了干枣、花生、桂圆、栗子四色干果，我在睡觉的时候硌了我的肩膀，季淑告诉我这是取吉利，"早生贵子"之意。季淑不知道我们备了枕头，她也预备了一对，枕套是白缎子的，自己绣了红玫瑰花在角上，鲜艳无比，我舍不得用，留到如今。她又制了一个金质的项链，坠着一个心形的小盒，刻着我们两个的名字。这时候我家住在大取灯胡同一号，新房设在上屋西套间，因为不久要到南京去，所以没有什么布置，只是换了新的窗幔，买了一张新式的大床。

结婚那天，晴而冷。证婚人由我父亲出面请了贺履之（良朴）先生担任，他是我父亲一个酒会的朋友，年高有德，而且是山水画家，当时一位名士。本来熊希龄先生奋勇愿为证婚，我们想想还是没有劳驾。张心一、张禹九两位同学是男傧相，季淑的美专同学孪生的冯棠、冯棣是女傧相。两位介绍人，只记得其一姓翁。主婚人是我父亲和季淑的四叔梓琴先生。

婚礼定在下午四时举行，客人差不多到齐了，新娘不见踪影。原来娶亲的马车到了女家，照例把红封从门缝塞进去之后，里面传话出来要递红帖，"没有红帖怎行？我们知道你是谁？"事先我要求亲迎，未被接纳，实不知应备红帖。僵持了半天，随车的人员经我父亲电话中指示临时补办，到荣宝斋买了一份红帖请人代书，总算过了关。可是彩车到达欧美同学会的时候暮霭渐深。这是意外事，也是意中事。

我立在阶上看见季淑从二门口由两人扶着缓缓地沿着旁边的游廊走进礼堂，后面两个小女孩牵纱。张禹九用胳膊肘轻轻触我说："实秋，嘿嘿，娇小玲珑。"我觉得好像有人在我耳边吟唱着彭士（Robert Burns）的几行诗：


　　She is a winsome wee thing,

　　She is a handsome wee thing,

　　She is a lo'esome wee thing,

　　This sweet wee wife o'mine.


　　她是一个媚人的小东西，

　　她是一个漂亮的小东西，

　　她是一个可爱的小东西，

　　我这亲爱的小娇妻。

事实上凡是新娘没有不美的。萨克令（Sir John Suckling）的一首《婚礼曲》（A Ballad upon a Wedding）就有几节很好的描写：

The maid-and thereby hangs a tale,

For such a maid no Whitsun-ale,

Could ever yet produce;

No grape, that's kindly ripe, could be,

So round, so plump, so soft a she,

Nor half so full of juice.


Her finger was so small the ring,

Would not stay on, which they did bring;

it was too wide a peck;

And to say truth (for out it must),

it looked like the great collar（just）

About our young colt's neck.


Her feet beneath her petticoat,

Like little mice stole in and out,

As if they feared the light;

But oh, she dances such a way,

No sun upon an Easter day

Is half so fine a sight!


Her cheeks so rare a white was on,

No daisy makes comparison;

(Who sees them is undone),

For streaks of red were mingled there,

Such as are on a Katherine pear,

(The side that's next the sun).


Her mouth so small, when she does speak,

Thou'dst swear her teeth her words did break,

That they might passage get;

But she so handled still the matter,

They came as good as ours, or better,

And are not spent a whit.


Her lips were red, and one was thin,

Compared to that was next her chin

(Some bee had stung it newly);

But, Dick, her eyes so guard her face

I durst no more upon them gaze,

**Than on the sun in July.**

讲到新娘（说来话长），
像她那样的姑娘，
圣灵降临的庆祝会里尚未见过；
没有树熟的葡萄像她那样红润，
那样圆，那样丰满，那样细嫩，
汁浆有一半那样的多。

她的手指又细又小，
戒指戴上去就要溜掉，
因为太松了一点；
老实说（非说不可），
恰似小驹的颈上套着
一只大的项圈。

她裙下露出两只脚，
老鼠似的出出进进地跑，
像是怕外面的光亮；
但是她的舞步翩翩，
太阳在复活节的那一天
也没有那样美的景象！

她的两颊白得出奇，
没有雏菊能和她相比；
（令人一见魂儿飞上天了），
因为那白里还带着红色，
活像是枝头的小梨一个，
（朝着太阳的那一边）。

她的唇是红的，一片很薄，
挨近下巴的那片就厚得多
（必是才被蜜蜂螫伤）；
但是，狄克，她的两眼保护着脸
我不敢多看一眼，
有如对着七月的太阳。

她的嘴好小，说起话来，
她的牙齿要把字儿咬碎，
以便从嘴里挤送出去；
但是她处理得很得法，
谈吐不比我们差，
而且一点也不吃力。

季淑那天头上戴着茉莉花冠。脚上穿的一双高跟鞋，为配合礼服，是粉红色缎子做的，上面缝了一圈的亮片，走起路来一闪一闪。因戒指太松而把戒指丢掉的不是她，是我，我不知在什么时候把戒指甩掉了，她安慰我说："没关系，我们不需要这个。"

证婚人说了些什么话，根本就没有听进去，现在一个字也不记得。我只记得赞礼的人喊了一声礼成，大家纷纷涌向东厢入席就餐。少不了有人向我们敬酒，我根本没有把那小小酒杯放在眼里。黄淑贞突然用饭碗斟满了酒，严肃地说："季淑，你以后若是还认我做朋友，请尽此碗。"季淑一声不响端起碗来汩汩地喝了下去，大家都吃一惊。

回到家中还要行家礼，这是预定的节目。好容易等到客人散尽，两把太师椅摆在堂屋正中，地上铺了红毡子，请父母就座，我和季淑双双跪下磕头，然后闹哄到午夜，父母发话："现在不早了，大家睡去吧。"

罗赛蒂（D.G.Rossetti）有一首诗《新婚之夜》(The Nuptial Night)，他说他一觉醒来看见他的妻懒洋洋地酣睡在他身旁，他不能相信那是真的，他疑心是在做梦。梦也好，不是梦也好，天刚刚亮，季淑骨碌爬了起来，梳洗毕换上一身新装，蓝袄红裙，红缎绣花高跟鞋，在穿衣镜前面照了又照，侧面照，转身照。等父母起来她就送过去两盏新沏的盖碗茶。这是新媳妇伺候公婆的第一幕。早餐罢，全家人聚在上房，季淑启开她的箱子把礼物一包一包地取出来，按长幼顺序每人一包，这叫做开箱礼，又叫做见面礼，无非是一些帽鞋日用之物，但是季淑选购甚精，使得家人皆大欢喜。我袖手旁观，说道："哎呀！还缺一份！——我的呢？"惹得哄堂大笑。

次一节目是我陪季淑"回门"。进门第一桩事是拜祖先的牌位，一个楠木龛里供着一排排的程氏祖先之神位多到不可计数，可见绩溪程氏确是一大望族，我们纳头便拜，行最敬礼。好像旁边还有人念念有词，说到三姑娘三姑爷什么什么的，我当时感觉我很光荣地成了程家的女婿。拜完祖先之后便是拜见家中的长辈，季淑的继祖母尚在，其次便是我的岳母，叔父辈则有四叔、七叔（荫庭先生）、九叔（荫轩先生），八叔已去世。婶婶则四婶就有两位，然后六婶、七婶、八婶、九婶。我们依次叩首，我只觉得站起来跪下去忙了一大阵。平辈相见，相互鞠躬。随后便是盛筵款待，我很奇怪季淑不在席上，不知她躲在哪里，原来是筵席以男性为限。谈话间我才知道，已去世的六叔还曾留学俄国，编过一部《俄华字典》刊于哈尔滨。

第三天，季淑病倒，腹泻。我现在知道那是由于生活过度紧张，睡了两天她就好了。

过了十几天，时局起了变化，国民革命军北伐逐步迫近南京。母亲关心我们，要我们暂且观望不要急急南下。父亲更关心我们，把我叫到书房私下对我说："你现在已经结了婚，赶快带着季淑走，机会放过，以后再想离开这个家庭就不容易了，不要糊涂，别误解我的意思。立刻动身，不可迟疑。如果遭遇困难，随时可以回来。我观察这几天，季淑很贤慧而能干。她必定会成为你的贤内助，你运气好，能娶到这样的一个女子。男儿志在四方，你去吧！"父亲说到这里，眼圈红了。

我商之于季淑，她遇大事永远有决断，立刻起程。父亲嘱咐，兵荒马乱的时候，季淑必须卸下她的鲜艳的服装，越朴素越好。她改着黑哗叽裙黑皮鞋，上身驼绒袄之外罩上一件粗布褂。我记得清清楚楚，布褂左下角有很大的一个缝在外面的衣袋，好别致。我们搭的是津浦路二等卧车（头等车被军阀们包用了），二等车男女分座，一个车厢里分上下铺，容四个人，季淑分得一个上铺。车行两天一夜，白天我们就在饭车上和过路的地方一起谈天，观看窗外的景致，入夜则分别就寝。

车上睡不稳，一停就醒，醒来我就过去看看她。她的下铺是一位中年妇女，事后知道她是中国银行司库吴某的太太，她第二天和季淑攀谈：

"你们是新结婚的吧？"

"是的，你怎么知道？"

"看你那位先生，一夜的工夫他跑过来看你有十多趟。"这位吴太太心肠好，我们渡江到下关，她知道我们没有人接，便自动表示她有马车送我们进城。我们搭了她的车直抵蓁巷。

这时候南京市面已经有些不稳，散兵游勇满街跑，遇到马车就征用。我们在蓁巷一共住了五天，躲在屋里，什么地方也没去。事实上我们也不想出去。渐渐地听到遥远的炮声。我的朋友李辉光、罗清生来，他们都是单身汉，劝我偕眷到上海暂避。罗清生和一家马车行的老板有旧，特意为我雇来马车，我们便邀同新婚的余上沅夫妇一同出走。可怜我煞费苦心经营的新居从此离去，当时天真的想法是政治不会过分影响到学校，不久还可以回来，所以行李等物就承洪范五先生的帮忙寄存在图书馆地下室。马车走了不远就有两名大兵持枪吓阻，要搭车到下关，他们不由分说跳上了车旁的踏脚板，一边一个像是我们的卫兵，一路无阻直达江滨。到上海的火车已断，我们搭上了太古的轮船，奇怪的是头等客房只有我们两对，优哉游哉倒真像是蜜月中的旅行。

八

我们在上海三年的生活是艰苦的，情形当然是相当狼狈。有人批评孔子为"累累若丧家之狗"，孔子欣然笑曰："形状未也，而似丧家之狗，然哉然哉！"

季淑的大姑住在上海（大姑父汪运斋先生），她的二女婿程培轩一家返徽省亲，空出的海防路住所借给我们暂住了半个月。这是我们婚后初次尝到安定畅快的生活。随后我们就租了爱文义路众福里的一栋房子，那是典型的上海式标准的一楼一底的房，比贫民窟要算是差胜一筹，因为有电灯自来水的设备而且门窗户壁俱全。关于这样的房子我写过一篇小文《住一楼一底房者的悲哀》，其中有这样几段：

一楼一底的房没有孤零零的一所矗立着的，差不多都像鸽子窝似的一大排，一所一所的构造的式样大小，完全一律，就好像从一个模型里铸出来的一般。我顶佩服的就是当初打图样的土著工程师，真能相度地势，节工省料，譬如五分厚的一垛山墙就好两家合用。王公馆的右面一垛山墙，同时就是李公馆的左面的山墙，并且王公馆若是爱好美术，在右面山墙上钉一个铁钉子，挂一张美女月份牌，那么李公馆在挂月牌的时候就不必再钉钉子，因为这边钉一个钉子，那边就自然而然地会钻出一个钉头儿。

房子虽然以一楼一底为限，而两扇大门却是方方正正的，冠冕堂皇，望上去总不像是我所能租赁得起的房子的大门。门上两个铁环是少不得的，并且还是小不得的。……门环敲得啪啪响的时候，声浪在周围一二十丈以内的范围都可以很清晰播送得到。一家敲门，至少有三家应声"啥人？"至少有两家拔闩启锁，至少有五家人从楼窗中探出头来。

这一段话虽然不免揶揄，但是我们并无埋怨之意。我们虽然僦居穷巷，住在里面却是很幸福的。季淑和我同意，世界上没有一个地方比自己的家更舒适，无论那个家是多么简陋、多么寒伧。这个时候我在《时事新报》编一个副刊《青光》，这是由于张禹九的推荐临时的职业，每天夜晚上班发稿。事毕立刻回家，从后门进来匆匆登楼，季淑总是靠在床上看书等着我。

"你上楼的时候，是不是一步跨上两级楼梯？"她有一次问我。

"是的，你怎么知道？"

"我听着你的通通响的脚步声，我数着那响声的次数，和楼梯的级数不相符。"

我的确是恨不得一步就跨进我的房屋。我根本不想离开我的房屋。吾爱吾庐。

我们在爱文义路住定之后，暑期中，我的妹妹亚紫和她的好友龚业雅女士于女师大毕业后到上海来，就下榻于我们的寓处。下榻是夸张语，根本无榻可下，我便和季淑睡在床上，亚紫、业雅睡在床前地板上。四个年轻人无拘无束地狂欢了好多天，季淑曲尽主妇之道。由于业雅的堂兄业光的引介，我和亚紫、业雅都进了国立暨南大学服务。亚紫和业雅不久搬到学校的宿舍。随后我母亲返回杭州娘家去小住，路过上海也在我们寓所盘桓了几天。头一天季淑自己下厨房，她以前从没有过烹饪的经验，我有一点经验但亦不高明，我们两人商量着作弄出来四个菜，但是季淑煮米放多了水变成粥，急得哭了一场。母亲大笑说："喝粥也很好。"这一次失败给季淑的刺激很大。她说："这是我受窘的一次，毕生不能忘。"以后她对烹饪就很悉心研究。

怀孕期间各人的反应不同。季淑于婚后三四个月即开始感觉恶心呕吐，想吃酸东西，这样一直闹到分娩那一天才止。一九二七年十二月一日（阴历十一月初八）我们的大女儿文茜生。预先约好的产科张湘纹临时迟迟不来，只遣护士照料，以致未能善尽保护孕妇的责任，使得季淑产后将近三个月才完全复原。她本想能找得一份工作，但是孩子的来临粉碎了一切的计划，她热爱孩子，无法分身去谋职业，亦无法分神去寻娱乐。四年之间四次生产，她把全部时间与精力奉献给了孩子。

第二年我们迁居到赫德路安庆坊，是二楼二底房，宽绰了一倍，但是临街往来的电车之稀里哗啦叮叮当当从黎明开始一直到深夜。地都被震动，床也被震动。可是久之也习惯了。我的内弟道宽这一年去世，弟妇士馨也相继而殁，我和季淑商量把我的岳母接到上海来奉养。于是我们搭船回到北京回家小住，然后接了我的岳母南下。在这房子里季淑生下第二个女儿（三岁时夭折，瘗于青岛公墓）。季淑的身体本弱，据我的岳母告诉我，庚子之乱，她们一家逃避下乡，生活艰苦，季淑生于辛丑年二月，先天不足，所以自小羸弱。季淑连生两胎，体力消耗太大，对于孕妇保健的知识我们几等于零，所以她就吃亏太多，我事后悔恨无及。幸亏有她的母亲和她相伴，她在精神上得到平安，因为她不再挂念她的老母。我看见季淑心情宁静，我亦得到无上的安慰。

这一年我父亲游杭州，路过上海也来住了几天。季淑知道我父亲的日常生活的习惯和饮食的偏好，侍候唯恐不周。他洗脸要用大盆，直径要在二尺以上，季淑就真物色到那样大的洋瓷盆。他喝茶要用盖碗，水要滚，茶叶要好，泡的时间要不长不短，要守候着在正合宜的时候捧献上去，这一点季淑也做到了，我父亲说除了我的母亲之外只有季淑泡的茶可以喝。父亲喜欢冷饮，季淑自己制作各种各样的饮料，她认为酸梅汤只有北京信远斋的出品才够标准。早点巷口的生煎包子就可以了，她有时还要到五芳斋去买汤包。每餐菜肴，她尽其所能去调配，自更不在话下。亚紫、业雅也常在一起陪伴，是我们家里最热闹的一段时期。父亲临走，对季淑着实夸奖了一番，说她带着两个孩子操持家务确是不易。

第三年我们搬到爱多亚路一〇一四弄，是一栋三楼的房子，虽然也是弄堂房子，但有了阳台、壁炉、浴室、卫生设备等等。一九三〇年四月十六日（阴历三月十八），在这里季淑生下第三胎，我们唯一的儿子文骐。照顾三个孩子，很不简单，单是孩子的服装就大费周章。季淑买了一架胜家缝纫机，自己做缝纫，连孩子的大衣也是自己做。她在百忙中没有忘记修饰她自己。她把头发剪了，不再有梳头的麻烦，额前留着刘海，所谓 boyishbob 是当时最流行的发式。旗袍短到膝盖，高领短袖。她自己的衣服也是大部分自己做，找裁缝匠反倒不如意。我喜欢看她剪裁，有时候比较质地好的材料铺在桌上，左量右量，画线再画线，拿着剪刀迟迟不敢下手，我就在一旁拍着巴掌唱起儿歌："功夫用得深，铁杵磨成针，功夫用得浅，薄布不能剪！"她把我推开，"去你的！"然后她就咔吱咔吱地剪起来了，她很快地把衣服做好，穿起来给我看，要我批评，除了由衷的赞美之外还能说什么？

我在光华、中国公学两处兼课，真茹、徐家汇、吴淞是一个大三角，每天要坐电车、野鸡汽车、四等火车赶到三处地方，整天奔波，所以每天黎明即起，厨工马兴义给我预备极丰盛的一顿早点，季淑不放心，她起来监督，陪我坐着用点，要我吃得饱饱的，然后伴我走到巷口看我搭上电车才肯回去。这一年我母亲带着五弟到杭州去，路过上海在我们家住了些日子。

我们右邻是罗努生、张舜琴夫妇，左邻是一本地商人，再过去是我的妹妹亚紫和妹夫时昭涵，再过去是同学孟宪民一家，前弄有时昭静和夏彦儒夫妇，丁西林独居一栋。所以巷里熟人不少。努生一家最不安宁，夫妻勃谿，时常动武，午夜爆发，张舜琴屡次哭哭啼啼跑到我家诉苦，家务事外人无从置喙，结果是季淑送她回去，我们当时不懂，既成夫妻何以会反目，何以会争吵，何以会仳离。季淑常天真地问我："他们为什么要离婚？"

有一天中秋前后徐志摩匆匆地跑来，对我附耳说："胡大哥请吃花酒，要我邀你去捧捧场。你能不能去，先去和尊夫人商量一下，若不准你去就算了。"我问要不要去约努生，他说，"我可不敢，河东狮子吼，要天翻地覆，惹不起。"我上楼去告诉季淑，她笑嘻嘻地一口答应："你去嘛，见识见识，喂，什么时候回来？""当然是吃完饭就回来。"胡先生平素应酬未能免俗，也偶尔叫条子侑酒，照例到了节期要去请一桌酒席。那位姑娘的名字是"抱月"，志摩说大概我们胡大哥喜欢那个月字是古月之月，否则想不出为什么相与了这位姑娘。我记得同席的还有唐腴庐和陆仲安，都是个中老手。入席之后照例每人要写条子召自己平素相好的姑娘来陪酒。我大窘，胡先生说："由主人代约一位吧。"约来了一位坐在我身后，什么模样，什么名字，一点也记不得了。饭后还有牌局，我就赶快告辞。季淑问我感想如何，我告诉她：买笑是痛苦的经验，因为侮辱女性，亦即是侮辱人性，亦即是侮辱自己。男女之事若没有真的情感在内，是丑恶的。这是我在上海三年唯一的一次经验，以后也没再有过。

# 九

由于杨金甫的邀请，我到青岛去教书。这是一九三〇年夏天的事。我们乘船直赴青岛，先去参观环境，闻一多偕行。我们下榻于中国旅行社，雇了两辆马车环游市内一周，对于青岛的印象非常良好，季淑尤其爱这地方的清洁与气候的适宜，与上海相比不啻霄壤。我们随即乘火车返回北平度过一个暑假；我的岳母回到程家。

在青岛鱼山路四号我们租到一栋房子，楼上四间楼下四间。这地点距离汇泉海滩很近，约十几分钟就可以走到。季淑兴致很高，她穿上了泳装，和我偕孩子下水。孩子用小铲在沙滩上掘沙土，她和我就躺在沙滩上晒太阳，玩到夕阳下山还舍不得回家。有时候我们坐车到栈桥，走上伸到海中的长长的栈道，到尽端的亭子里乘凉。海滨公园也是我们爱去的地方，因为可以在乱石的缝里寻到很多的小蟹和水母，同时这里还有一个水族馆。第一公园有老虎和其他的兽栏，到了春季樱花盛开可真是蔚为大观，季淑叹为奇景，一去辄留连不忍走。后来她说美国西雅图或美京华盛顿的樱花品种不同，虽然也颇可观，但究比青岛逊色。我有同感。

我为学校图书馆购书赴沪一行，顺便给季淑买了一件黑绒镶红边的背心，可以穿在旗袍外面，她很喜欢，尤其是因为可以和她的一双黑漆皮镶红边的高跟鞋相配合。季淑在这时候较前丰腴，容颜焕发，洋溢着母性的光辉。我的朋友们很少在青岛有眷属，杨金甫、赵太侔、黄任初等都有家室，但都不知住在什么地方。闻一多一度带家眷到青岛，随即送还家乡。金甫屡次善意劝我，不要永远守在家里，暑期不妨一个人到外面海阔天空地跑跑，换换空气。我没有接受他的好意。和谐的家室，空气不需要换。如果需要的话，镇日价育儿持家的妻子比我更有需要。

父亲慕青岛名胜，来看我们住了十二天。我们天天出去游玩。有一天季淑到大雅沟的菜市买来一条长二尺以上的鲥鱼，父亲大为击赏。肥城桃、莱阳梨、烟台的葡萄与苹果，都可以说是天下第一，我们放量大嚼，而德人开的弗劳塞饭店的牛排与生啤酒尤为令人满意。张道藩从贵州带来的茅台酒，也成了我们孝敬父亲的无上佳品。有一晚父亲和我关起门来私谈，他把我们家的历史从我祖父起原原本本地讲述给我听，都是我从前没有听到过的，他说：“有些事不足为外人道，不必对任何人提起，但不妨告诉季淑知道。”最后他提出两点叮嘱，他说他垂垂老矣，迫切期望我们能有机会在北平做事，大家住在一起，再就是关于他将来的身后之事。我当天夜晚把这些话告诉了季淑，她说：“父亲开口要我们回去，我们还能有什么话说。”

第二年，我们搬到鱼山路七号居住。是新造的楼房，四上四下，还有地下室，前院亦尚宽敞。房东王德溥先生，本地人，具有山东特有的忠厚朴实的性格，房东房客之间相处甚得。我们要求他在院里栽几棵树，他唯唯否否，没想到第二天他就率领着他的儿子押送两大车的树秧来了。六棵樱花，四棵苹果，两棵西府海棠，把小院种得满满的。树秧很大，第二年即开始着花，樱花都是双瓣的，满院子的蜜蜂嗡嗡声。苹果第二年也结实不少，可惜等不到成熟就被邻居的恶童偷尽。西府海棠是季淑特别欣赏的，胭脂色的花苞，粉红的花瓣，衬上翠绿的嫩叶，真是娇艳欲滴。

我们住定之后就设法接我的岳母来住，结果由季淑的一位表弟刘春霖护送到青岛。这样我们才安心。季淑身体素弱，第四度怀孕使她狼狈不堪，于一九三三年二月二十五日（阴历二月二日）生文蔷，由她的女高师同学王绪贞接生，得到特别小心照护，我们终身感激她。分娩之后不久，四个孩子同时感染猩红热，第二女不幸夭折。做母亲的尤为伤心。入葬的那一天，她尚不能出门，于冰霰霏霏之中，我看着把一具小棺埋在第一公墓。

青岛四年之中我们的家庭是很快乐的。我的莎士比亚翻译在这时候开始，若不是季淑的决断与支持，我是不敢轻易接受这一份工作。她怕我过劳，一年只许我译两本，我们的如意算盘是一年两本，二十年即可完成，事实上用了我三十多年的工夫！我除了译莎氏之外，还抽空译了《织工马南传》、《西塞罗文录》，并且主编天津《益世报》的一个文艺周刊。季淑主持家务，辛苦而愉快，从来没有过一句怨言。我们的家座上客常满，常来的客如傅肖鸿、赵少侯、唐郁南都常在我们家便饭，学生们常来的有丁金相、张淑齐、蔡文显、韩朋等等。张罗茶饭招待客人都是季淑的事。我从北平定制了一个烤肉的铁炙子，在青岛恐怕是独一的设备，在山坡上拾捡松枝松塔，冬日烤肉待客皆大欢喜。我的母亲带着四弟治明也来过一次，治明特别欣赏季淑烹制的红烧牛尾。后来他生了一场匍行疹，病中得到季淑的悉心调护，痊愈始去。

胡适之先生早就有意约我到北京大学去教书，几经磋商，遂于一九三四年七月结束了我们的四年青岛之旅。临去时房屋租约未满，尚有三个月的期间，季淑认为应该如约照付这三个月的租金，房东王先生坚不肯收，争执甚久，我在旁呵呵大笑，"此君子国也！"房东拗不过去，勉强收下，买了一份重礼亲到车站送行。季淑在离去之前，把房屋打扫整洁一尘不染，这以后成了我们的惯例，无论走到哪里，临去必定大事扫除。

## 十

我们决定回北平，父母亲很欢喜，开始准备迁居，由大取灯胡同一号迁到内务部街二十号。内务部街的房子本是我们的老家，我就是生在那个老家的西厢房，原是祖父留下的一所房子，在我十五岁的时候才从那里迁到大取灯胡同一号的新房。老家出租多年，现在收回自用。这所老房子比较大，约有房四十间，旧式的上支下摘，还有砖炕，院落较多，宜于大家庭居住。父母兴奋得不得了，把旧房整缮一新，把外院和西院划给我，并添造一间浴室。我母亲是年六十，她说："好了，现在我把家事交给季淑，我可以清闲几年了。"事实上我们还是无法使母亲完全不操心。

回到北平先在大取灯胡同落脚，然后开始迁居。"破家值万贯"，而且我们家的传统是"室无弃物"，所以百八十年下来的这一个家是无数破烂东西的总汇，搬动一下要兴师动众，要雇用大车小车以及北平所特有的"窝脖儿"的，陆陆续续地搬了一个星期才大体就绪，指挥奔走的重任落在季淑的身上，她真是黎明即起，整天前庭后院地奔走，她的眼窝下面不时地挂着大颗的汗珠，我就掏出手绢给她揩揩。

垂花门外有一棵梨树，是房客栽的，多年生长已经扑到房檐上面，把整个院子遮盖了一半，结实累累，蔚为壮观。不知道母亲听了什么人饶舌，说梨与离同音，不祥，于是下令砍伐。季淑不敢抗，眼睁睁地看着工人把树砍倒，心中为之不怿者累日。后来我劝她在原处改植别的不犯忌讳的花木，亦可略补遗憾。她立即到隆福寺街花厂选购了四棵西府海棠，因为她在青岛就有此偏爱。这四株娇艳的花木果然如所预期很快地长大成形，翌年即繁花如簇，如火如荼，春光满院，生气盎然。同时她又买了四棵紫丁香，种在西院我的书房与卧室之间，紫丁香长得更猛，一两年间妨碍人行，非修剪不可，丁香开时香气四溢，招引蜂蝶终日攘攘不休。前院檐下原有两畦芍药奄奄一息，季淑为之翻土施肥，冬日覆以积雪，来春新芽苗发。我的书房檐下多阴，她种了一池玉簪，抽蕊无数。

我们一家三代，大小十几口，再加上男女佣工六七人，是相当大的一个家庭。晨昏定省是不可少的礼节。每天早晨听到里院有了响动，我便拉着文蔷到里院去，到上房和东厢房分别向父母问安。文蔷是我们最小的孩子，不拉着她便根本迈不过垂花门的一尺高的门槛。文茜、文骐都跟在我的身后。文蔷还另有任务，每天把报纸送给她的祖父，祖父接过报纸总是喊她两声："小肥猪！小肥猪！"因为她小时候很胖。季淑每天早晨要负责沏盖碗茶，其间的难处是把握住时间，太早太晚都不成。每天晚上季淑还要伺候父亲一顿消夜，有时候要拖到很晚，我便躺在床上看书等她。每日两餐是大家共用的，虽有厨工专理其事，调配设计仍需季淑负责，亦大费周章。家庭琐事永远没完没结，所谓家庭生活是永无休止的修缮补苴。缝缝连连的事，会使用缝纫机的人就责无旁贷。对外的采办或交涉，当然也是能者多劳。最难堪的是于辛劳之余还不能全免于怨怼，有一回已经日上三竿，季淑督促工人捡煤球，扰及贪睡者的清眠，招致很大的不快。有人愤愤难平，季淑反倒夷然处之，她爱说的一句话是："唐张公艺九世同居，得力于百忍，我们只有三世，何事不可忍？"

家事全由季淑处理，上下翕然，我遂安心做我的工作，教书之余就是翻译写稿。我在西院南房，每到午后四时，季淑必定给我送茶一盏，我有时停下笔来拉她小坐，她总是把我推开，说："别闹，别闹，喝完茶赶快继续工作。"然后她就抽身跑了。我隔着窗子看她的背影。我的翻译工作进行顺利，晚上她常问我这一天写了多少字，我若是告诉她写了三千多字，她就一声不响地跷起她的大拇指。我译的稿子她不要看，但是她愿意知道我译的是些什么东西。所以莎士比亚的几部名剧里的故事，她都相当熟悉。有几部莎士比亚的电影片上演，我很希望她陪我去看，但是她分不开身，她总是遗憾地教我独自去看。

季淑有一个见解，她以为要小孩子走上喜爱读书的路，最好是尽早给孩子每人置备一个书桌。所以孩子开始认字，就给他设备一份桌椅。木器店里没有给小孩用的书桌，除非定制，她就买普通尺寸的成品，每人一份，放在寝室里挤得满满的。这一项开支绝不可省。她告诉孩子哪一个抽屉放书哪一个抽屉放纸笔。有了适当的环境之后，不久孩子养成了习惯，而且到了念书的时候自然地各就各位。孩子们由小学至大学，从来没有任何挫折，主要的是小时候养成良好习惯。季淑做了好几年的小学教师，她的教学经验在家里发生宏大的影响。可见小学教师应是最可敬的职业之一。

我们的男孩子仅有一个，季淑嫌单薄一些，最好有两男两女，一九三五年冬，她怀有五个月的孕，一日扭身开灯，受伤流产。送往妇婴医院，她为节省住进二等病房，夜间失血过多，而护士置若罔闻，我晨间赶去探视，已奄奄一息，医生开始惊慌，急救输血，改进头等病房并请特别护士。白天由我的岳母照料，夜晚由我陪伴，按照医院规定男客是不准在病房夜晚逗留的。一个星期之后才脱险。临去时那一些不负责任的护士还奚落她说："我们没有见过像你这样的娇太太！"从此我们就实行生育节制。

我对政治并无野心，但是对于国事不能不问。所以我办了一个周刊，以鼓吹爱国提倡民主为原则，朋友们如谢冰心、李长之等等都常写稿给我，周作人也写过稿子。因此我对于各方面的人物常有广泛的接触。季淑看见来访的客人鱼龙混杂就为我担心。她偶尔隔着窗子窥探出入的来客，事后问我："那个獐头鼠目的是谁？那个垂首蛇行的又是谁？他们找你做什么？"这使我提高了警觉。果然，就有某些方面的人来做说客，"愿以若干金为先生寿"，人们有一种错觉，以为凡属舆论，都是一些待价而沽的东西。我当即予以拒绝，季淑知道此事之后完全支持我的决定，她说："我愿省吃俭用和你过一生宁静的日子，我不羡慕那些有办法的人之昂首上骧。"我隐隐然看到她的祖父之高风亮节在她身上再度发扬。

日寇侵略日益加紧，一九三七年六月二十三日蒋介石与汪兆铭联名召开庐山会议，我应邀参加，事实上没有什么商议，只是宣告国家的政策。我没有等会议结束即兼程北返，七月七日芦沟桥事变爆发，二十八日北平陷落。我和季淑商议，时势如此，决定我先只身逃离北平。我当即写下遗嘱。戎火连天，割离父母妻子远走高飞，前途渺渺，后顾茫茫。这时候我联想到"出家"真非易事，确是将相所不能为。然而我毕竟这样做了。等到天津火车一通，我立即登上第一班车，短短一段路由清早走暮夜才到达天津。临别时季淑没有一点儿女态，她很勇敢地送我到家门口，互道珍重，相对黯然。"与子之别，思心徘徊！"

十一

和我约好在车上相见的是叶公超，相约不交一语。后来发现在车上的学界朋友有十余人之多，抵津后都住进了法租界帝国饭店。我旋即搬到罗努生、王右家的寓中，日夜收听广播的战事消息，我们利用大头针制作许多面红白小旗，墙上悬大地图，红旗代表我军，白旗代表敌军，逐日移动地插在图上。看看红旗有退无进，相与扼腕。《益世报》的经理生宝堂先生在赴意租界途中被敌兵捕去枪杀，我们知道天津不可再留，我与努生遂相偕乘船到青岛，经济南转赴南京。在济南车站遇到数以千计由烟台徒步而来的年轻学生，我的学生丁金相在车站迎唔她的逃亡朋友，无意中在三等车厢里遇见我，相见大惊，她问我："老师到哪里去？"

"到南京去。"

"去做什么？"

"赴国难，投效政府，能做什么就做什么。"

"师母呢？"

"我顾不得她，留在北平家里。"

她跑出站买了一瓶白兰地、一罐饼干送给我，汽笛一声，挥手而别，我们都滴下了泪。

南京在敌机空袭之下，人心浮动。我和努生都有报国有心投效无门之感。我奔跑了一天，结果是教育部发给我二百元生活费和岳阳丸头等船票一张，要我立即前往长沙候命。我没有选择，便和努生匆匆分手，登上了我们扣捕的日本商船岳阳丸。叶公超、杨金甫、俞珊、张彭春都在船上相遇。伤兵难民挤得船上甲板水泄不通，我的精神陷入极度苦痛。到长沙后我和公超住在青年会，后移入韭菜园的一栋房子，是樊逵羽先生租下的北大办事处。我们三个人是北平的大学教授南下的第一批。随后张子缨也赶来。长沙勾留了近月，无事可做，心情苦闷，大家集议醵资推我北上接取数家的眷属。

我衔着使命，间道抵达青岛，搭顺天轮赴津，不幸到烟台时船上发现霍乱，船泊大沽口外，日军不许进口，每日检疫一次，海上拘禁二十余日，食少衣单，狼狈不堪。登岸后投宿皇宫饭店，立即通电话给季淑，翌日她携带一包袄冬衣到津与我相会。乱离重逢，相拥而泣。翌日季淑返回北平。因樊逵羽先生正在赶来天津，我遂在津又有数日勾留。后我返平省亲，在平滞留三数月，欲举家南下，而情况不许，尤其是我的岳母年事已高不堪跋涉。季淑与其老母相依为命，不可能弃置不顾，侍养之日诚恐不久，而我们夫妻好则来日方长，于是我们决定仍是由我只身返后方。会徐州陷落，敌伪强迫悬旗志贺，我忍无可忍，遂即日动身。适国民参政会成立，我膺选为参政员，乃专程赴香港转去汉口，从此进入四川，与季淑长期别离六年之久。

在这六年之中，我固颠沛流离贫病交加，季淑在家侍奉公婆老母，养育孩提，主持家事，其艰苦之状乃更有甚于我者。自我离家，大姐、二姐相继去世，二姐遇人不淑身染肺癌，乏人照料，季淑尽力相助，弥留之际仅有季淑与二姐之幼女在身边陪伴。我们的三个孩子在同仁医院播种牛痘，不幸疫苗不合规格，注射后引起天花，势甚严重，几濒于殆，尤其是文茜面部结痂作痒，季淑为防其抓破成麻，握着她的双手数夜未眠，由是体力耗损，渐感不支。维时敌伪物资渐缺，粮食供应困难，白米白面成为珍品，居恒以糠麸花生皮屑羼入杂粮混合而成之物充饥，美其名曰文化面。儿辈羸瘦，呼母索食。季淑无以为应，肝肠为之寸断。她自己刻苦，但常给孩子鸡蛋佐餐，孩子久而厌之。有时蒸制丝糕（即小米粉略加白面白糖蒸成之糕饼）作为充饥之物，亦难得引起大家的食欲。此际季淑年在四十以上，可能是由于忧郁，更年期提早到来，百病丛生，以至于精神崩溃。不同情的人在一旁讪笑："我看她没有病，是爱花钱买药吃。""我看她也没有病，我看见她每饭照吃。""我看她也没有病，丝糕一吃就是两大块。"她不顾一切，乞灵于协和医院，医嘱住院，于是在院静养两星期，病势略转，此后风湿关节炎时发时愈，足不良行。孩子们长大，进入中学，学业不成问题，均尚自知奋勉不落人后，但是交友万一不慎后果堪虞，季淑为了此事最为烦忧。抗战期间前方后方邮递无阻，我们的书信往来不断，只是互报平安，季淑在家种种苦难并不透露多少，大部分都是日后讲给我听。

我的岳母虽然年迈，健康大致尚佳。她曾表示愿意看看自己的寿材，所以我在离平之前和季淑到了椹厂订购了上好的材木一副，她自己也看了满意。一九四三年春偶然不适，好像有所预感，坚持回到程家休憩，不数日即突然病革，季淑带着孩子前去探视，知将不起，尚殷殷以我为念。她最喜爱文蔷，临终时呼至榻前，执其手而告之："文蔷，你乖乖的，听你妈妈的话。"言讫，溘然而逝。所有丧葬之事均由季淑力疾主持。她有信给我详述经过，哀毁逾恒，其中有一句话是"华，我现在已成为无母之人矣……"，季淑孝顺她的母亲不是普通的孝顺，她是真实地做到了"菽水承欢"。

季淑没有和我一起到后方去，主要的是为了母亲。如今母亲既已见背，我们没有理由维持两地相思的局面。我们十年来的一点积蓄除了投资损失之外陆续贴补家用，六年来亦已告罄，所以我就写信要她准备来川。她唯一的顾虑是她的风湿病，不知两腿是否禁得起长途跋涉。说也奇怪，她心情一旦开朗，脚步突然转健，若有神助。由北平起早到四川不是一件容易事。季淑有一位堂弟道良，前两年经由叔辈决定过继给我的岳母做继子，他们的想法是：季淑究竟是一个女儿，嫁出的女儿泼出的水，不能成为嗣祧。道良为人极好，事季淑如胞姐，他自告奋勇，送她一半行程。一九四四年夏，季淑带着三个孩子十一件行李，病病歪歪的，由道良搀扶着，从北平乘车南下。由徐州转陇海路到商丘，由商丘起早到亳州，这是前后方交界之处，道良送她到此为止，以后的漫漫长途就靠她自己独闯了。所幸她的腿疾日有进步，到这时候已可勉强行走无须扶持。从亳州到漯河，由漯河到叶县，这一段的交通工具只能利用人力推车，北方话称之为"小车子"，车仅一轮，由车夫一人双手把持，肩上横披一带系于车把之上，轮的两边则一边坐人，一边放行李，车夫一面前进一面摆动其躯体以维持均衡。土路崎岖，坑洼不平，轮轴吱吱作响，不但进展迟缓，且随时有翻倒之虞。车夫一面挥汗一面高唱俚歌，什么"常山赵子龙，燕人张翼德""有山就有水，有水就有鱼……"，一路上前呼后应，在黄土飞扬之中打滚。到站打尖，日暮投宿。季淑就这样的带着三个孩子十一件行李一天又一天地在永无止境的土路上缓缓前进。怕的是青纱帐起，呼吁无门，但邀天之幸一路安宁，终于到达叶县。对于劳苦诚实的车夫们，季淑衷心感激，乃厚酬之。

由叶县到洛阳有公路可循，可以搭乘公共汽车，汽车是使用柴油的，走起来突突冒烟，随时随地抛锚。乘客拥挤抢座，幸赖有些流亡学生见义勇为，帮助季淑及二女争取座位，文骐不在妇孺之列只能爬上车顶在行李堆中觅一席地。季淑怕他滚落，苦苦哀求其他车顶上的同伴赐以援手，幸而一路无事。黄土平原久旱无雨，汽车过处黄尘蔽天。到站休息时人人毛发尽黄，纷纷索水洗面。季淑在道旁小店就食，点菠菜猪肝一盘，孩子大悦，她不忍下筷唯食余沥而已。同行的流亡学生有贫苦以至枵腹者，季淑解囊相助，事实她自己的盘川也所余无几了。

季淑一行到洛阳后稍事休息，搭上火车，精神为之一振，虽是没有窗户的铁闷车，然亦稳速畅快。唯夜间闯过潼关时熄灯急驶，犹不免遭受敌军炮轰，幸而无恙，饱受虚惊。到达西安，在菊花园口厚德福饭庄饱餐一顿并略得接济，然后搭车赴宝鸡，这是陇海路最后一站。从此便又改乘公共汽车，开始长征入川。汽车随走随停，至剑阁附近而严重抛锚，等待运送零件方能就地修复，季淑托便车带信给我，我乃奔走公路局权要之门请求救济，我生平不欲求人，至是不能不向人低首！在此期间，季淑等人食宿均成问题，赖有同行难友代为远道觅食，夜晚即露宿道旁。一夕，睡眠中忽闻畔声走于身畔，隐约见一庞形巨物，季淑大惊而呼，群起察视，原来是一只水牛。越数日汽车修复，开始蠕动，终于缓缓地爬到了青木关，再换车而抵达北碚，与我相会。

六年暌别，相见之下惊喜不可名状。长途跋涉之后，季淑稍现清癯。然而我们究竟团圆了。"今夕何夕,见此粲者!"凭了这六年的苦难,我们得到了一个结论:在丧乱之时,如果情况许可,夫妻儿女要守在一起,千万不可分离。我们受了千辛万苦,不愿别人再尝这个苦果。日后遇有机会我们常以此义劝告我们的朋友。

我在四川一直支领参政会一份公费,虽然在国立编译馆全天工作,并不受薪。人笑我迂,我行我素。现在五口之家,子女就学,即感拮据。季淑征尘甫卸,为补充家用,接受社会部北碚儿童福利实验区之聘,任该区福利所干事。区主任为章柳泉先生。季淑的职务是办理消费合作社的事务。和她最契的同事是童启华女士(朱锦江夫人),据季淑告诉我,童先生平素不议人短长,不播弄是非,而且公私分明,一丝不苟,掌管公物储藏,虽一纸一笔之微,核发之际亦必详究用途不稍浮滥,时常开罪于人。季淑说像这样奉公守法的人是极少见的,季淑和她交谊最洽,可惜胜利后即失去联络,但季淑时常想念到她。

第二年,即一九四五年,季淑转入迁来北碚的国立戏剧专科学校为教具组服装管理员,校长为余上沅。上沅夫妇是我们的熟人,但季淑并不因人事关系而懈怠其职务,她准时上班下班,忠于其职守。她给全校师生留下了良好的印象。

季淑于生活艰难之中在四川苦度了两年。事实上在抗战期间无论是在陷区或后方,没有人不受到折磨的。只有少数有办法的人能够浑水摸鱼。我有一位同学,历据要津,宦囊甚富,战时寓居香港,曾扬言于众:"你们在后方受难,何苦来哉?一旦胜利来临,奉命接收失土坐享其成的是我们，不是你们。"我们听了不寒而栗。这位先生于日军攻占香港时遇害，但是后来接收大员"五子登科"的怪剧确是上演了。

一九四五年八月十日季淑晚间下班时带回了一张报纸的号外：

嘉陵江日报　号外
日本接受无条件投降
旧金山八月十日广播　日本政府本日四时接受四国公告无条件投降　其唯一要求是保留天皇　今日吾人已获胜利已获和平

我们听到了遥远的爆竹声，鼎沸的欢呼声。

还乡的交通工具不敷，自然应该让特权阶级豪门巨贾去优先使用，像我们所服务的闲散机构如国民参政会国立编译馆之类当然应该听候分配。等候了一年光景，一九四六年秋国民参政会通知有专轮直驶南京，我们这才怀着一种复杂的心情告别四川鼓轮而下。我说心情复杂，因为抗战结束可以了却八年流亡之苦，可以回乡省视年老的爹娘，可以重新安心做自己的工作，但是家园已经破碎，待要从头整理，而国事蜩螗，不堪想象。

十二

我们在南京下榻于国立编译馆的一间办公室内，包饭搭伙，孩子们睡地板。也有人想留我在南京工作，我看气氛不对，和季淑商量还是以回到北平继续教书为宜，便借口离开南京遄赴上海搭飞机返平。阔别八年的我，在飞机上看到了颐和园的排云殿，心都要从口里跳出来。

回到家里看见我父母都瘦了很多，一阵心酸，泣不可抑。当时三弟、五弟都在家，大姐一家也住在东院，后来五妹和妹婿一家也来了，家里显得很热闹。我们看到垂花门前的野草高与人齐，季淑便令孩子们拔草，整理庭院焕然一新。我的父亲是年七十，步履维艰，每晨自己提篮外出买烧饼油条相当吃力，我便请准由我每日负责准备早餐。当我提了那只篮子去买烧饼的时候，肆人惊问我为何人，因为他们认识那个篮子。也许这两桩事我们做得不对，因为我们忘了《世说新语》赵母嫁女的故事："赵母嫁女，女临去，敕之曰：'慎勿为好！'女曰：'不为好，可为恶邪？'母曰：'好尚不可为，其况恶乎。'"我们率直而为之，不是有意为好。家里人口众多，遂四处分爨。

父亲关心我的工作，有一天拄着拐杖到我书室，问我翻译莎士比亚进展如何，这使我非常惭愧，因为抗战八年中我只译了一部。父亲说："无论如何，要译完它。"我就是为了他这一句话，下了决心必不负他的期望。想不到的是，于补祝他的七十整寿在承华园举行全家盛筵之后不久，有一晚我们已就寝，他突患冠状脉阻塞症，急救无效，竟于翌日晚间溘然长逝！我从四川归来，相聚才只一个月，即遭此大故！装殓时季淑出力最多，随后丧葬之事，她不作主张，只知尽力。

另一不幸事故，季淑的弟弟道良在东北军事倥偬之际受任辽宁大石桥车站站长，因坚守岗位不肯逃避以致殉职，遗下孤儿寡妇，惨绝人寰。灵柩运回北平，我陪季淑到东便门车站迎接，送往绩溪义园厝葬，我顺便向我的岳母的坟墓敬礼，凄怆之至。

这时候通货膨胀，生活困苦，我除在师大授课之外利用寒假远到沈阳去兼课；季淑善于理家，在短绌的情形之下仍能稍有赢余。她的理论是："储蓄之法不是在开销之外把余羡收存起来，而是预先扣除应储之数然后再作支出。"我们不时地到东单或东四的菜市，遇有鱼鲜辄购一尾，由季淑精心烹制献给母亲佐餐，因为这是我母亲喜食之物。我曾劝她买鱼两尾，一半自己享用，因为我知道她亦正有同嗜，而她坚持不可。她说："我们的享受，当俟来日。"她有一次在摊上看到煮熟的大块瘦肉，价格极廉，便买一小块携回，食之而甘，事后才知道那是驴肉或骡肉。我们日常用的水果是萝卜与柿子，孩子们时常望而生畏。

因苦中也要作乐。我们一家陪同赵清阁游景山，在亭子里闲坐啜茗，事后我写了一首五律送她。又有一次我们一家和孙小孟一家游颐和园，爬上众香国，几个大人都气力不济，孩子们争先恐后地跑上了排云殿，我笑谓季淑曰："你还有上鬼见愁的勇气没有？"又指着玉泉山上的玉峰塔说："你还记得那个地方么？"她笑而不答。风景依然，而心情不同了。到了冬天，孩子们去北海滑冰，我们便没有去观赏的兴致。想不到故都名胜，我们就这样的长久暌别，而季淑下世，重温旧梦亦永不可得！

## 十三

我于（一九四八年）十二月三十一日到香港，翌日元旦遄赴广州。在广州这半年，我们开始有身世飘零之感。平山堂是怎样的一个地方，我曾有一小文《平山堂记》纯是纪实。我们住在这里，季淑要上街买菜，室中升火，提水上楼，楼下洗浣，常常累得红头涨脸。我们在穷困中兴复不浅，曾到六榕寺去玩，对于苏东坡题壁，和六祖慧能的塑像印象甚深，但是那座花塔颜色俗丽而游人如织，则我们只好远远地避开。海角红楼也去饮茶过一次。住处实在没有设备，同人康清桂先生为我们定制了一张小木桌。一切简陋，而我们还请梅贻琦、陈雪屏先生来吃过一顿便饭，季淑以她的拿手馅饼飨客，时昭瀛送来一瓶白兰地，梅先生独饮半瓶而玉山颓矣。

广州中山大学外文系主任林文铮先生，好佛，他的单人宿舍是一间卧室一间佛堂，常于晚间作法会，室为之满。林先生和我一见如故，谓有夙缘，从此我得有机会观经看教，但是后来要为我"开顶"，则敬谢不敏。季淑也在此时开始对于佛教发生兴趣，她只求摄心，并不佞佛。林先生深于密宗，我贪禅悦，季淑则近净土。这时候法舫和尚在广州，有一天有朋友引他来看我，他是太虚的弟子，我游缙云山时他正是缙云寺的知客，曾有过一面之缘，他居然还没忘记。他送来一部他所著的《金刚经讲话，附心经讲话》，颇有深人浅出之妙，季淑捧读多遍，若有所契，后来持诵《心经》成为她的日课。人到颠沛流离的时候，很容易沉思冥想，披开尘劳世网而触及此一大事因缘。因为季淑于佛教只得到一些精神上的寄托，无形中也影响到我，我于观经之余常有疑义和她互相剖析商讨，惜无金篦刮膜，我们终未能深入。我写有《了生死》一篇小文，便是我们的一点共同的肤浅之见，有些眼界高的人讥我谓为小乘之见，然哉，然哉！

我们每到一地，季淑对于当地的花木辄甚关心。平山堂附近的大礼堂后身有木棉十数本，高可七八丈，红花盛开，遥望如霞如锦，蔚为壮观。花败落地，訇然有声，据云落头上可以伤人。她从地上拾起一朵，瓣厚数分，蕊如编继，赏玩久之。

这时候教育部长杭立武先生，次长吴俊升、翟桓先生，他们就在中大的大礼堂楼上办公，通知我教育部要在台湾台北设法恢复国立编译馆的机构。我接受了这个邀请，由台湾的教育厅长陈雪屏先生为我办了入境证，便于一九四九年六月底搭乘华联轮，直驶台湾，季淑晕船，一路很苦。

十四

我临行前写信给我的朋友徐宗涑先生："请为我预订旅舍，否则只好在尊寓屋檐下暂避风雨。"他派人把我们从基隆接到台北他家里歇宿了三天，承他的夫人史永贞大夫盛情款待，季淑与我终身感激。第四天搬进德惠街一号，那是林挺生先生的一栋日式房屋，承他的厚谊使我们有了栖身之处，而且一住就是三年，这一份隆情我们只好永铭心版了。季淑曾对我说："朋友们的恩惠在我们的心上是永不泯灭的，以后纵然有机会能够报答一二，也不能磨灭我们心上的刻痕。"她说得对。

德惠街当时是相当荒僻的地方，街中心是一条死水沟，野草高与人齐，偶有汽车经过，尘土飞扬入室扑面。在榻榻米上睡觉是我们的破题儿第一遭，躺下去之后觉得天花板好高好高，季淑起身时特别感觉吃力。过了两三个月，我买来三张木床，一个圆桌，八个圆凳，前此屋内只有季淑买来的一个藤桌四把藤椅。这是我们的全部家具，一直用了二十多年直到离开台湾始行舍去。有一天齐如山老先生来看我，进门一眼看到室内有床，惊呼曰："吓！混上床了！"这个"混"字（去声）来得妙，混是混事之谓，北方土语谓在社会上闯荡赚钱谋生为"混"。有季淑陪我，我当然能混得下去！徐太太送给我们一块木板、一根擀面杖和几个瓶子，我们便请了宗涑和他的夫人来吃饺子，我擀皮，季淑包，虽然不成敬意，大家都很高兴。

附近有一家冰果店，店名曰"春风"，我们有时踱到那里吃点东西，季淑总是买冰棒一根，取其价廉。我们每去一次，我名之为"春风一度"。

有人送一只特大的来亨鸡，性极凶猛，赤冠金距，遍体洁白，我们名之为"大公"。怕它寂寞，季淑给它买来一只黑毛大母鸡，名"缩脖坛子"，为大公所不喜，后又买来一只小巧的黄花杂毛母鸡，深得大公欢心，我们名之为"小花"。小花生蛋，大公亦有时代孵。大公得食，留给小花，没有缩脖坛子的份儿。卵多被大公踏破，季淑乃取卵纳入纸匣，装以灯泡，不数日而壳破雏出，有时壳坚不得出，她就小心地代为剖剥，黄茸茸的小雏鸡托在掌上，讨人欢喜。雏鸡长大者不过三数只，混种特别矫健，兼有大公之白与小花之俏，我们分别名之为老大、老二、老三。饲鸡是一件趣事，最受欢迎的是沙丁鱼汁拌饭，再不就是残肴剩菜拌饭，而炸酱面尤妙，会像"长虫吃扁担"似的一根根地直吞下去，季淑顾而乐之。养鸡约有两年，后因迁居不便携带乃分送友朋，大公抑郁病死，小花被贼偷走不知所终。

　　我们本来不拟雇用女仆，季淑愿意操劳家事，她说她亲手制作饭食给我和孩子享用，是她的一大快乐，而且劳动筋骨对她自己也有益处。编译馆事务方面的人坚持要送一位女仆来理炊事，固辞不获，于是我们家里就添了一位年方十九籍隶新竹的丫小姐。是一位天真未凿的乡下姑娘，本地的风俗是乡下人家常把他们的女儿送到城里来做事，并不一定是为糊口，常是为了想在一个良好家庭中学习一些礼仪知识以为异日主持家务之准备。季淑对于佣工，从来没有过摩擦，凡是到我家里来工作的人都是善来善去。这位丫小姐年纪轻轻，而且我们也努力了解本地的风俗习惯，待之以礼，所以和我们相处很好。不知怎的，她一天天地消瘦下来，不思饮食，继而不时长吁短叹，终乃天天以泪洗面。季淑不能不问，她初不肯言，终于廉得其情，其中一部分仍是谎饰，但是我们大体明了她的艰难处境。她急需要钱。季淑基于同情，把她手中剩存美金三十元全部送给了她，解救她的困厄。于羞惭称谢声中，她离我们而去。

编译馆原是由杭立武部长自兼馆长，馆址由洛阳街迁到浦城街，人员增多，业务渐繁，杭先生不暇兼顾，要我代理，于是馆长一职我代理了九个多月。文书鞅掌，非我素习，而人事应付尤为困扰。接事之后，大大小小的机关首长纷纷折简邀宴，饮食征逐，虚糜公帑。有一次在宴会里，一位多年老友拍肩笑着说道："你现在是杭立武的人了！"我生平独来独往不向任何人低头，所以恓恓惶惶一至于斯，如今无端受人讥评，真乃奇耻大辱。归而向季淑怨诉，她很了解我，她说："你忘记在四川时你的一位朋友蒋子奇给你相面，说你'一身傲骨，断难仕进'？"她劝我赶快辞职。她想起她祖父的经验，为宦而廉介自持则两袖清风，为宦而贪赃枉法则所不屑为，而且仕途险恶，不如早退。她对我说："假设有一天，朋比为奸坐地分赃的机会到了，你大概可以分到大股，你接受不？受则不但自己良心所不许，而且授人以柄，以后永远被制于人。不受则同僚猜忌，唯恐被你检举，因不敢放手胡为而心生怨望，必将从此千方百计陷你于不义而后快。"她这一番话坚定了我求去的心。此时政府改组，杭先生去职，我正好让贤，于是从此脱离了编译馆，专任师大教职。我任事之初，从不往来的人也登门存问，而且其尊夫人也来和季淑周旋，我卸职之后则门可罗雀，其怪遂绝。芝麻大的职位也能反映出一点点的人性。

因为台大聘我去任教并且拨了一栋相当宽敞的宿舍给我，师大要挽留我也拨出一栋宿舍给我，我听从季淑的主张决定留在师大，于是在一九五二年夏搬进了云和街十一号。这也是日式房屋，不过榻榻米改换为地板，有几块地方走上去像是踏在地毯上一般软乎乎的。房子油刷一新，碧绿的两扇大门还相当耀眼，一位早已分配到宿舍而尚无这样大门的朋友顾而叹曰："是乃豪门！"地皮不大方正，前面宽，后面窄，在堪舆家看来是犯大忌的，我们不相信这一套。前院有一棵半枯的松树，一棵头重脚轻的曼陀罗(俗名鸡蛋花)，还有一棵很大很大的面包树。这一棵面包树遮盖了大半个院子，叶如巨灵之掌，可当一把蒲扇用，果实烂熟坠地，据云可磨粉做成面包。季淑喜欢这棵树，喜欢它的硕大茂盛。后院里我们种了一棵黄莺、一棵九重葛，都很快地长大。为了响应当时的号召，还在后院建设了一个简陋的防空洞，其作用是积存雨水繁殖蚊虫。

面包树的阴凉，在夏天给我们招来了好几位朋友。孟瑶住在我们街口的一个"危楼"里，陈之藩、王节如也住在不远的地方，走过来不需要五分钟，每当晚饭后薄暮时分这三位是我们的常客。我们没有椅子可以让客人坐，只能搬出洗衣服时用的小竹凳子和我们饭桌旁的三条腿的小圆木凳，比"班荆道故"的情形略胜一筹。来客在树下怡然就座，不嫌简慢。我们海阔天空，无所不谈。我记得孟瑶讲起她票戏的经验眉飞色舞，节如对于北平的掌故比我知道的还多，之藩说起他小时候写春联的故事最是精彩动人。三位都是戏迷，逼我和季淑到永乐戏院去听戏，之后谈起顾正秋女士谈三天也谈不完。季淑每晚给我们张罗饮料，通常是香片茶，永远是又酽又烫。有时候是冷饮，如果是酸梅汤，就会勾起节如对于北平信远斋的回忆，季淑北平住家就在信远斋附近，她便补充一些有关这一家名店的故事。坐久了，季淑捧出一盘盘的糯米藕，有关糯米藕的故事我可以讲一小时，之藩听得皱眉叹气不已，季淑指着我说："为了这几片藕，几乎把他馋死！"有时候她以冰凉的李子汤给我们解渴，抱憾地说："可惜这里没有老虎眼大酸枣，否则还要可口些。"到了夜深往往大家不肯散，她就为我们准备消夜，有时候是新出屉的大馒头，佐以残羹剩肴。之藩怕鬼，所以临去之前我一定要讲鬼故事，不待讲完他就堵起耳朵。他不一定是真怕鬼，可能是故做怕鬼状，以便引我说鬼，我知道他不怕鬼，他也知道我知道他不怕鬼，彼此心照不宣，每晚闲聊常以鬼故事终场。事后季淑总是怪我："人家怕鬼，你为什么总是说鬼？"

季淑怕狗，比我还要怕。狗没有咬过她，可是她听说有人被疯狗咬过死时的惨状，她就不寒而栗。她出去买菜，若是遇见有狗在巷口徘徊，她就多走一段路绕道而行，有时绕几段路还是有狗，她就索性提着篮子回家，明天再买。有一次在店铺购物，从柜台后面走出一条小狗，她大惊失色，店主人说："怕什么，它还没有生牙呢。"因为狗的缘故，她就很少时候独去买菜，总是由女工陪着她去。"狗是人类最好的朋友"，可是说来惭愧，我们根本不想和狗攀交。

我们的女工都是在婚嫁的时候才离开我们。其中有一位 C 小姐，在婚期之前季淑就给她张罗购买了一份日用品，包括梳洗和厨房用具，等到吉日便由我家出发，爆竹声中登上彩车而去，门口挤满了看热闹的人，有一位邻人还笑嘻嘻地对季淑说："恭喜，恭喜，令媛今天打扮得好漂亮！"事后季淑还应邀到她的新房去探视过一次，回来告诉我说，她生活清苦，斗室一间，只有一个二尺见方的木板窗。

季淑酷嗜山水，虽然步履不健，尚余勇可贾。几次约集朋友们远足，她都兴致勃勃，八卦山、观音山、金瓜石、狮头山等处都有我们的游踪。看到林木、山石、海水，她都欢喜赞叹，不过因为心脏较弱，已不善登陟。在这个时候，我发现我染有糖尿症，她则为风湿关节炎所苦，老态渐臻，无可如何。

云和街的房子有一重大缺点，地板底下每雨则经常积水，无法清除，所以总觉得室内潮气袭人，秋后尤甚，季淑称之为水牢。这对于她的风湿当然不利。一九五八年夏，文蔷赴美游学，家里顿形凄凉，我们有意改换环境。适有朋友进言，居住公家的日式房屋既不称意，何不买地自建房屋？我们心动。于是季淑天天奔走，到处看房看地，我们终于决定买下了安东街三〇九巷的一块地皮。于一九五九年一月迁入新居。


十五


我岂不知"求田问舍，怕应羞见，刘郎才气"？只因季淑病躯需要调养，故乃罄其所有，营此小筑。地皮不大，仅一百三十余坪。倩同学友人陆云龙先生鸠工兴建，图样是我们自己打的。我们打图的计划是，房求其小，院求其大，因为两个人不需要大房，而季淑要种花木故院需宽敞。室内设计则务求适合我们的需要。她不喜欢我独自幽闭在一间书斋之内，她不愿扰我工作，但亦不愿与我终日隔离，她要随时能看见我。于是我们有一奇怪的设计，一联三间房，一间寝室，一间书房，中间一间起居室，拉门两套虽设而常开。我在书房工作，抬头即可看见季淑在起居室内闲坐，有时我晚间工作亦可看见她在床上躺着。这一设计满足了我们的相互的愿望。季淑坐在中间的起居室，我曾笑她像是蜘蛛网上的一只雌蜘蛛，盘踞网的中央，窥察四方的一切动静，照顾全家所有的需要，不愧为名副其实的一家之主。

不出半年，新屋落成。金圣叹"三十三不亦快哉"，其中之一是："本不欲造屋，偶得闲钱，试造一屋，自此日为始，需木，需石，需瓦，需砖，需灰，需钉，无晨无夕，不来聒于两耳。乃至罗雀掘鼠，无非为屋校计，而又都不得屋住，既已安之如命矣。忽然一日屋竟落成，刷墙扫地，糊窗挂画；一切匠作出门毕去，同人乃来分榻列坐，不亦快哉！"我们之快哉则有甚于此者。一切委托工程师，无应付工人之烦，一切早有预算，无临时罗掘之必要。唯一遗憾的是房屋造得太结实，比主人的身体要结实得多，十三年来没漏过雨水，地板没塌陷过一块，后来拆除的时候很费手脚。落成之后，好心朋友代我们做了庭园的布置，草皮花木应有尽有。季淑携来一粒面包树的种子，栽在前院角上，居然苗长甚速，虽经台风几番摧毁，由于照管得法，长成大树，因为是她所手植，我特别喜爱它。

云和街的房子空出来之后，候补迁入的人很多，季淑坚决主张不可私相授受，历年修缮增建所耗亦无须计较索偿，所以我无任何条件于搬出之日将钥匙送归学校，手续清楚。季淑则着手打扫清洁，不使继居者感到不便。我们临去时对那棵大面包树频频回顾，不胜依依。后来路经附近一带，我们也常特为绕道来此看看这棵树的雄姿是否无恙。

住到新房里不久，季淑患匐行疹（俗名转腰龙），腰上生一连串的小疱，是神经末梢的发炎，原因不明，不外是过滤性病毒所致，西医没有方法治疗，只能镇定剧痛的感觉。除了照料她的饮食之外，我爱莫能助。有一位朋友来探病，把我拉到一边告诉我说："此病不可轻视，等到腰上的一条龙合围一周，人就不行了。"又有一位朋友笑嘻嘻地四下打量着说："有这样的房子住，就是生病也是幸福。"这病拖延十日左右，最后有朋友介绍南昌街一位中医华佗氏，用他密制的药粉和以捣碎的瓮菜泥敷在患处，果然见效，一天天地好起来了。介绍华佗氏的这位朋友也为我的糖尿症推荐一个偏方：用玉蜀黍的须子熬水大量饮用。我试了好多天，无法证明其为有效。

说起糖尿症，我连累季淑不少。饮食无度，运动太少，为致病之由。她引咎自责，认为她所调配的食物不当，于是她就悉心改变我的饮食，其实医云这是老年性的糖尿症，并不严重。文蔷寄来一册《糖尿症手册》，深入浅出，十分有用，我细看不止一遍，还借给别人参阅。糖是不给我吃了，碳水化合物也减少到最低限度，本来炸酱面至少要吃两大碗，如今改为一大碗，而其中三分之二是黄瓜丝绿豆芽，面条只有十根八根埋在下面。一顿饭以两片面包为限，要我大量地吃黄瓜拌粉。动物性脂肪几乎绝迹，改用红花子油。她常感慨地说："有一些所谓'职业妇女'者，常讥笑家庭主妇的职业是在厨房里，其实我在厨房里的工作也还没有做好。"事实上，她做得太好了。自来台以后，我不太喜欢酒食应酬，有时避免开罪于人非敬陪末座不可，季淑就为我特制三文治一个，放在衣袋里，等别人"式燕以敖"的时候我就取出三文治，道一声"告罪"，徐徐啮而食之。这虽令人败兴，但久之朋友们也就很少约我赴宴。在这样的饮食控制之下我的糖尿症没有恶化，直到如今我遵照季淑给我配制的食谱，维持我的体重。

我们不喜欢赌，赌具却有一副，那是我在北平买的一副旧的麻将牌。季淑家居烦闷，三五友好就常聚在一起消磨时间，赌注小到不能再小，八圈散场，卫生之至。夫妻同时上桌乃赌家大忌，所以我只扮演"牌童"一旁伺候，时而茶水，时而点心，忙得团团转。赌，不开则已，一开始赌注必定越来越大，圈数必定越来越多，牌友必定越来越杂。同时这种游戏对于关节炎患者并不适宜。有一天季淑突然对我宣告："我从今天戒赌。"真的，从那一天起，真个不再打牌，以后连赌具也送人了，一张特制的桌面可以折角的牌桌也送人了，关于麻将之事从此提都不提，我说不妨偶一为之，她也不肯。

对于花木，她的兴复不浅。后院墙角搭起一个八尺见方的竹棚（警察认为是违章建筑，但结果未被拆除），里面养了几十盆洋兰和素心兰。她最爱的是素心兰，严格讲应该是蕙，姿态可以入画，一缕幽香不时地袭人，花开时搬到室内，满室郁然。友人从山中送来一株灵芝，插入盆内，成为高雅的清供。竹棚上的玻璃被邻街的恶童一块块地击毁，不复能蔽风雨，她索性把兰花一盆盆地吊在前院一棵巨大的夹竹桃下，勉强有点阴凉，只是遇到连绵的雨水或酷寒的天气便需一盆盆地搬进室内，有时半夜起来抢救，实在辛劳。玫瑰也是她所欣喜的，我们也有一些友人赠送的比较贵重的品种，遇有大风雨，她便用塑料袋把花苞一个个地包起来，使不受损，终以阳光太烈土壤不肥，虽施专门的花肥，仍不能培护得宜。她常说："我们的兰花，不能和胡伟克先生家的相比，我们的玫瑰，不能和张棋祥先生的相比，但是我亲手培养的就格外亲切可爱。"可惜她力不从心，不大能弯腰，亦不便蹲下，园艺之事不能尽兴。院里有含笑一株，英文叫 banana-shrub，因花香略带甜味近似香蕉，是我国南方有名的花木。有一天，师大送公教配给的工友来了，他在门外就闻到了含笑的香气，他乞求摘下几朵，问他作何用途，他惨然说："我的母亲最爱此花，最近她逝世了，我想讨几朵献在她的灵前。"季淑大受感动，为之涕下，以后他每次来，不等他开口，只要枝上有花，必定摘下一盘给他。

季淑爱花草，不分贵贱，一视同仁。有一次在阳明山上的石隙中间看见一株小草，叶子像是竹叶，但不是竹，葱绿而挺俏，她试一抽取，连根拔出，遂小心翼翼地裹以手帕带回家里，栽在盆中灌水施肥，居然成一盆景。我做出要给她拔掉之状，她就大叫。

房檐下遮窗的雨棚，有几个铁钩子，是工程师好意安装的，季淑说："这是天造地设，应该挂几个鸟笼。"于是我们买了三四个鸟笼，先是养起两只金丝雀。喂小米，喂菜心，喂红萝卜，鸟儿就是不大肯唱。后来请教高人，才知道一雌一雄不该放在一起，要隔离之后雄的才肯引吭高歌（不独鸟类如此，人亦何尝不然？能接吻的嘴是不想歌唱的）。我们试验之后，果然，但是总觉得这样摆布未免残忍。后来又养一种小鹦鹉，又名爱鸟，宽大的喙，整天咕咕地亲嘴。听说这种鹦鹉容易传染一种热病。我们开笼放生，不久又都飞回来，因为笼里有食物，宁可回到笼里来。之后，又养了一只画眉，这是一种雄壮的野鸟，怕光怕人，需要被人提着笼摇摇晃晃地早晨出去溜达。叫的声音可真好听，高亢而清脆，声达一二十丈以外。我们没有工夫遛它，有一天它以头撞笼流血而死。从此我们也就不再养鸟。在大自然的环境中，每见小鸟在枝头跳跃，季淑就驻足而观，喜不自禁。她喜爱鸟的轻盈的体态。

一九六〇年七月，我参加"中美文化关系讨论会"赴美国西雅图，顺便到伊利诺州看新婚后的文蔷，这是我来台后第一次和季淑作短期的别离，约二十日。我的心情就和三十多年前在美国做学生的时代一样，总是记挂着她。事毕我匆匆回来，她盛装到机场接我，"铅华不可弃，莫是藁砧归？"她穿的是自己缝制的一件西装，鞋子也是新的。她已许久不穿旗袍，因为腰窄领硬很不舒服，西装比较洒脱，领胸可以开得低低的。她算计着我的归期，花两天的时间就缝好了一件新衣，花样式样我认为都无懈可击。我在汽车里就告诉她："我喜欢你的装束。"小别重逢，"其新孔嘉，其旧如之何？"

一九六三年十二月十八日，有独行盗侵入寒家，持枪勒索，时季淑正在厨房预备午膳。文蔷甫自美国返来省亲，季淑特赴市场购得黄鳝数尾，拟做生炒鳝丝，方下油锅翻炒，闻警急奔入室，见盗正在以枪对我做欲射状。她从容不迫，告之曰："你有何要求，尽管直说，我们会答应你的。"盗色稍霁。这时候门铃声大作，盗惶恐以为缇骑到门，扬言杀人同归于尽。季淑徐谓之曰："你们二位坐下谈谈；我去应门，无论是谁吾不准其入门。"盗果就坐，取钱之后犹嫌不足，夺我手表，复迫季淑交出首饰，她有首饰盒二，其一尽系廉价赝品，立取以应，盗匆匆抓取一把珠项链等物而去。当天夜晚，盗即就逮，于一月三日伏法。此次事件端赖季淑临危不乱，镇定应付，使我得以幸免于祸灾。未定谳前，季淑复力求警宪从轻发落，声泪俱下。碍于国法，终处极刑，我们为之痛心者累日。季淑的镇定的性格，得自母氏，我的岳母之沉着稳重有非常人所能及者。

那盘生炒鳝丝，我们无心享受。事实上若非文蔷远路归宁，季淑亦决不烹此异味，因为宰割鳝鱼厥状至惨，她雅不欲亲见杀生以恣口腹之欲。我们两人在外就膳，最喜"素菜之家"，清心寡欲，心安理得，她常说："自奉欲俭，待人不可不丰。"我有时邀约友好到家小聚，季淑总是欣然筹划，亲自下厨，她说她喜欢为人服务。最熟的三五朋友偶然来家午膳，季淑常以馅饼飨客，包制馅饼之法她得到母亲的真传，皮薄而匀，不干不破，客人无不击赏，他们因自号为"馅饼小姐"。有一回一位朋友食季淑亲制之葱油饼，松软而酥脆，不禁跷起拇指，赞曰："江南第一！"

季淑以主持中馈为荣，我亦以陪她商略膳食为乐。买菜之事很少委之用人，尤其是我退休以后空闲较多，她每隔两日提篮上市，我必与俱。她提竹篮，我携皮包，缓步而行，绕市一匝，满载而归。市廛摊贩几乎无人不识这一对皤皤老者，因为我们举目四望很难发现再有这样一对。回到家里，倾筐倒箧，堆满桌上，然后我们就对面而坐，剥豌豆，掐豆芽，劈菜心……差不多一小时，一面手不停挥，一面闲话家常。随后我就去做我的工作，等到一声"吃饭"我便坐享其成。十二时午饭，六时晚饭，准时用餐，往往是分秒不爽，多少年来总是如此。

帮我们做工的 W 小姐，做了五年之后于归，我们舍不得她去，季淑为她置备一些用品，又送她一架缝纫机，由我们家里登上彩车而去。以后她还常来探视我们。

我的生日在腊八那一天，所以不容易忘过。天还未明，我的耳边就有她的声音："腊七腊八儿，冻死寒鸦儿，我的寒鸦儿冻死了没有？"我要她多睡一会儿，她不肯，匆匆爬起来就往厨房跑，去熬一大锅腊八粥。等我起身，热乎乎的一碗粥已经端到我的跟前。这一锅粥，她事前要准备好几天，跑几趟街才能勉强办齐基本的几样粥果，核桃要剥皮，瓜子也要去皮，红枣要刷洗，白果要去壳——好费手脚。我劝她免去这个旧俗，她说："不，一年只此一遭，我要给你做。"她年年不忘，直到来了美国最后两年，格于环境，她才抱憾地罢手。头一年腊八，她在我的纪念册上画了一幅兰花，第二年腊八，将近甲寅，她为我写了一个"一笔虎"，缀以这样的几个字：

华：
　　明年是你的本命年，
　　我写一笔虎，
　　祝你寿绵绵，
　　我不要你风生虎啸，
　　我愿你老来无事饱加餐。

季淑

"无事"、"加餐"，谈何容易！我但愿能不辜负她的愿望。

有一天我们闲步，巷口邻家的一个小女孩立在门口，用她的小指头指着季淑说："你老啦，你的头发都白啦。"童言无忌，相与一笑。回家之后季淑就说："我想去染头发。"我说："千万不要。我爱你的本色。头白不白，没有关系，不过我们是已经到了偕老的阶段。"从这天起，我开始考虑退休的问题。我需要更多的时间享受我的家庭生活，也需要更多的时间译完我久已应该完成的《莎士比亚全集》，在季淑充分谅解与支持之下我于一九六六年夏奉准退休，结束了我在教育界四十年的服务。

八月十四日师大英语系及英语研究所同人邀宴我们夫妇于欣欣餐厅，出席者六十人，我们很兴奋也很感慨。我们于二十四日设宴于北投金门饭店答谢同人,并游野柳。退休之后,我们无忧无虑到处闲游了几天。最近的地方是阳明山,我们寻幽探胜专找那些没有游人肯去的地方。我有午睡习惯,饭后至旅舍辟室休息,携手走出的时候旅舍主人往往投以奇异的眼光,好像是不大明白这样一对老人到这里来是搞什么勾当。有一天季淑说:"青草湖好不好?"我说:"管他好不好!去!"一所破庙,一塘泥水,但是也有一点野趣,我们的兴致很高。更有时季淑备了卤菜,我们到荣星花园去野餐,也能度过一个愉快的半天。

我没有忘记翻译莎氏戏剧,我伏在案头辄不知时刻,季淑不时地喊我:"起来!起来!陪我到院里走走。"她是要我休息,于是相偕出门赏玩她手栽的一草一木。我翻译莎氏,没有什么报酬可言,穷年累月,兀兀不休,其间也很少得到鼓励,漫漫长途中陪伴我体贴我的只有季淑一人。最后三十七种剧本译完,由远东图书公司出版,一九六七年八月六日承朋友们的厚爱,以"中国文艺协会"、"中国青年写作协会"、"台湾省妇女写作协会"、"中国语文学会"的名义发起在台北举行庆祝会,到会者约三百人,主其事者是刘白如、赵友培、王蓝等几位先生。有两位女士代表献花给我们夫妇,我对季淑说:"好像我们又在结婚似的。"是日《中华日报》有一段报道,说我是"三喜临门":"一喜,三十七本莎翁戏剧出版了,这是台湾省的第一部由一个人译成的全集;二喜,梁实秋和他的老伴结婚四十周年;三喜,他的爱女梁文蔷带着丈夫邱士耀和两个宝宝由美国回来看公公。"三喜临门固然使我高兴,最能使我感动的另有两件事:一是谢冰莹先生在庆祝会中致词,大声疾呼:"莎氏全集的翻译完成,应该一半归功于梁夫人!"一是世界画刊的社长张自英先生在我书房壁上看见季淑的照片,便要求取去制版刊在他的第三百二十三期画报上,并加注明:"这是梁夫人程季淑女士——在四十二年前——年轻时的玉照,大家认为梁先生的成就,一半应该归功于他的夫人。"他们二位异口同声说出了一个妻子对于她的丈夫之重要。她容忍我这么多年做这样没有急功近利可图的工作,而且给我制造身心愉快的环境,使我能安心地专于其事。

文蔷、士耀和两个孩子在台住了一年零九个月,给了我们很大的安慰,可是他们终于去了,又使我们惘然。我用了一年的工夫译了莎士比亚的三部诗,全集四十册算是名副其实地完成了,从此与莎士比亚暂时告别。一九六八年春天,我重读近人一篇短篇小说,题名是《迟些聊胜于无》(Better Late Than Never),描述一个老人退休后领了一笔钱带着他的老妻补做蜜月旅行,甚为动人,我曾把它收入我编的高中英语教科书,如今想想这也正是我现在应该做的事。我向季淑提议到美国去游历一番,探视文蔷一家,顺便补偿我们当初结婚后没有能享受的蜜月旅行,她起初不肯,我就引述那篇小说里的一句话:"什么,一个新娘子拒绝和她的丈夫做蜜月旅行!"她这才没有话说。我们于一九七〇年四月二十一日飞往美国,度我们的蜜月,不是一个月,是约四个月,于八月十九日返回台北,这是我们的一个豪华的扩大的迟来的蜜月旅行,途中经过俱见我所写的一个小册《西雅图杂记》。

## 十六

我们匆匆回到台北，因为帮我们做家务的 C 小姐即将结婚，
她在我们家里工作已经七年，平素忠于职守，约定等我们回来她再
成婚，所以我们的蜜月不能耽误人家的好事。季淑从美国给她带来
一件大衣，她出嫁时赠送她一架电视机及家中一些旧的家具之类。
我们去吃了喜酒。她的父母对我们说了一些话，我一句也听不懂，
季淑听懂了其中一部分：都是乡村人所能说出的简单而诚挚的话。
我已多年不赴喜宴，最多是观礼申贺，但是这一次是例外，直到筵
散才去。我们两年后离开台北，登车而去的时候，她赶来送行，我
看见她站在我们家门口落下了泪。

我有凌晨外出散步的习惯，季淑怕我受寒，尤其是隆冬的时候，
她给我缝制一条丝绵裤，裤脚处钉一副飘带，绑扎起来密不透风，
又轻又暖。像这样的裤子，我想在台湾恐怕只此一条。她又给我做
了一件丝绵长袍，在冬装中这是最舒适的衣服，第一件穿脏了不便
拆洗，她索性再做一件。做丝绵袍不是简单的事，台湾的裁缝匠已
经很少人会做。季淑做起来也很费事，买衣料和丝绵，一张张地翻
丝绵，做丝绵套，剪裁衣料，绷线，抹糨糊，撩边，钉纽扣，这一
连串工作不用一个月也要用二十天才能竣事，而且家里没有宽大的
台面，只能拉开餐桌的桌面凑合着用，佝着腰，再加上她的老花眼，

实在是过于辛苦。我说我愿放弃这一奢侈享受，她说："你忘记了？你的狐皮袄我都给你做了，丝绵袍算得了什么？"新做的一件，只在阴历年穿一两天，至今留在身边没舍得穿。

说到阴历年，在台湾可真是热闹，也许是大家心情苦闷怀念旧俗吧，不知为什么有那么多的人竞相拜年。季淑是永远不肯慢待嘉宾的，起先是大清早就备好的莲子汤、茶叶蛋以及糖果之类，后来看到来宾最欣赏的是舶来品，她就索性全以舶来品待客。客人可以成群结队地来，走时往往是单人独个地走，我们双双地恭送到大门口，一天下来筋疲力竭。但是她没有怨言，她感谢客人的光临。我的老家，自一九一二年起，就取消了"过年"的一切仪式。到台湾后季淑就说："别的不提，祖先是不能不祭的。"我觉得她说得对。一个人怎能不慎终追远呢？每逢过年，她必定治办酒肴，燃烛焚香，祭奠我的列祖列宗。她因为腿脚关节不灵，跪拜下去就站不起来，我在旁拉扯她一把。我建议给我的岳母也立一个灵位，我愿一同拜祭略尽一点孝意，她说不可，另外焚一些冥镪便是。我陪同她折锡箔，我给她写纸包袱，由她去焚送。她知道这一切都是无裨实际的形式，但是她说："除此以外，我们对于已经弃养的父母还能做些什么呢？"

一般人主持家计，应该是量入为出，季淑说："到了衣食无缺的地步之后，便不该是'量入为出'，应该是'量入为储'，因为你不知道什么时候你将有不时之需。"有人批评我们说："你们府上每月收入多少，与你们的生活水准似乎无关。"是的，季淑根本不热心于提高日常的生活水准。东西不破，不换新的。一根绳，一张纸，不轻抛弃。院里树木砍下的枝叶，晒干了之后留在冬季烧壁炉。鼓励消费之说与分期付款的制度，她是听不入耳的。可是在另一方面，她很豪爽，她常说"贫家富路"，外出旅行的时候绝不吝啬；过年送出去的红包，从不缺少；亲戚子弟读书而膏火不继，朋友出国而资斧不足，她都欣然接济。我告诉她我有一位朋友遭遇不幸急需巨款，她没有犹豫就主张把我们几年的储蓄举以相赠，而且事后她没有向任何人提起。

俗语说：女主内，男主外。我的家则无论内外一向由季淑兼顾。后来我觉察她的体力渐不如往昔的健旺，我便尽力减少在家里宴客的次数，我不要她在厨房里劳累，同时她外出办事我也尽可能地和她偕行。果然，有一天，在南昌街合会她从沙发上起立突然倒在地上，到沈彦大夫诊所查验，血压高至二百四十几度，立即在该诊所楼上病房卧下，住了十天才回家。病房的伙食只是大碗面大碗饭，并不考虑病人的需要，我每天上午去看她，送一瓶鲜橘汁，这是多少年来我亲手每天为她预备的早餐的一部分，再送一些她所喜欢的食物，到下午我就回家，这十天我很寂寞，但是她在病房里更惦记我。高血压是要长期服药休养的，我买了一个血压计，我耳聋听不到声音，她自己试量。悉心调养之下她的情况渐趋好转，但是任何激烈的动作均行避免。

自从季淑患高血压，文蔷就企盼我们能到美国去居住，她就近可以照料。一九七二年国际情势急剧变化，她便更为着急。我们终于下了决心，卖掉房子，结束这个经营了多年的破家，迁移到美国去。但是卖房子结束破家，这一连串的行动牵涉很广，要奔走，要费唇舌，要与市侩为伍，要走官厅门路，这一份苦难我们两个互相扶持地承受了下来。于五月二十六日我们到了美国。

## 十七

美国不是一个适于老年人居住的地方。一棵大树，从土里挖出来，移植到另外一个地方去，都不容易活，何况人？人在本乡本土的文化里根深蒂固，一挖起来总要伤根，到了异乡异地水土不服自是意料中事。季淑肯到美国来，还不是为了我？

西雅图地方好，旧地重游，当然兴奋。季淑看到了她两年前买的一棵山杜鹃已长大了不少，心里很欢喜。有人怨此地气候潮湿，我们从台湾来的人只觉得其空气异常干燥舒适。她来此后风湿性关节炎没有严重地复发过，我们私心窃喜。每逢周末，士耀驾车，全家出外郊游，她的兴致总是很高，咸水公园捞海带，植物园池塘饲鸭，摩基提欧轮渡码头喂海鸥，奥林匹亚啤酒厂参观酿造，斯诺夸密观瀑，义勇军公园温室赏花，布欧尔农庄摘豆，她常常乐而忘疲。从前去过加拿大维多利亚拔卓特花园，那里的球茎秋海棠如云似锦，她常念念不忘。但是她仍不能不怀念安东街寓所她手植的那棵面包树，那棵树依然无恙，我在一九七三年一月十一日（壬子腊八）戏填一首俚词给她看：

恼煞无端天末去。几度风狂，不道岁云暮。莫叹旧居无觅处，犹存墙角面包树。

目断长空迷津渡。泪眼倚楼，楼外青无数。往事如烟如柳絮，相思便是春常驻。

事实上她从来不对任何人有任何怨诉，只是有的时候对我掩不住她的一缕乡愁。

在百无聊赖的时候季淑就织毛线。她的视神经萎缩，不能多阅读，织毛线可以不太耗目力。在织了好多件成品之后她要给我织一件毛衣，我怕她太劳累，宁愿继续穿那一件旧的深红色的毛衣，那也是她给我织的，不过是四十几年前的事了。我开始穿那红毛衣的时候，杨金甫还笑我是"暗藏春色"。如今这红毛衣已经磨得光平，没有一点毛。有一天她得便买了毛线回来，天蓝色的，十分美观，没有用多少工夫就织成了，上身一试，服服帖帖。她说："我给你织这一件，要你再穿四十年。"

岁月不饶人，我们两个都垂垂老矣，有一天，她抚摩着我的头发，说："你的头发现在又细又软，你可记得从前有一阵你不愿进理发馆，我给你理发，你的头发又多又粗。硬得像是板刷，一剪子下去，头发渣迸得满处都是。"她这几句话引我想起英国诗人彭士（Robert Burns）的一首小诗：

John Anderson My Jo

John Anderson my jo, John,

When we were first acquaint,

Your locks were like the raven,

Your bonie brow was brent;

But now your brow is bald, John,

Your locks are like the snow,

But blessings on your frosty pow,

John Anderson my jo!


John Anderson my jo, John,

We climb the hill together,

And mony a canty day, John,

We've had with on another:

Now we maun totter down, John,

And hand in hand we'll go,

And sleep together at the foot,

John Anderson my jo!


约翰安德森我的心肝

约翰安德森我的心肝，约翰，

想当初我们俩刚刚相识的时候，

你的头发黑得像是乌鸦一般，

你的美丽的前额光光溜溜；

但是如今你的头秃了，约翰，

你的头发白得像雪一般，

但愿上天降福在你的白头上面，

约翰安德森我的心肝！


约翰安德森我的心肝，约翰，

我们俩一同爬上山去，

很多快乐的日子，约翰，

我们是在一起过的：

如今我们必须蹒跚地下去，约翰，

我们要手拉着手地走下山去，

在山脚下长眠在一起，

约翰安德森我的心肝！


　　我们两个很爱这首诗，因为我们深深理会其中深挚的情感与哀伤的意味。我们就是正在"手拉着手地走下山"。我们在一起低吟这首诗不知有多少遍！

　　季淑怵上楼梯，但是餐后回到室内须要登楼，她就四肢着地地爬上去。她常穿一件黑毛绒线的上衣，宽宽大大的，毛毛茸茸的，在爬楼的时候我常戏言："黑熊，爬上去！"她不以为忤，掉转头来对我吼一声，做咬人状。可是进入室内，她就倒在我的怀内，我感觉到她的心脏扑通扑通地跳。

我们不讳言死，相反地，还常谈论到这件事。季淑说："我们已经偕老，没有遗憾，但愿有一天我们能够口里喊着'一、二、三'，然后一起同时死去。"这是太大的奢望，恐怕总要有个先后。先死者幸福，后死者苦痛。她说她愿先死，我说我愿先死。可是略加思索，我就改变主张，我说："那后死者的苦痛还是让我来承当吧！"她谆谆地叮嘱我说，万一她先我而死，我须要怎样的照顾我自己，诸如工作的时间不要太长，补充的药物不要间断，散步必须持之以恒，甜食不可贪恋——没有一项琐节她不曾想到。

我想手拉着手地走下山也许尚有一段路程。申请长久居留的手续已经办了一年多，总有一天会得到结果，我们将双双地回到本国的土地上去走一遭。再过两年多，便是我们结婚五十周年，在可能范围内要庆祝一番，我们私下里不知商量出多少个计划。谁知道这两个期望都落了空！

四月三十日那个不祥的日子！命运突然攫去了她的生命！上午十点半我们手拉着手到附近市场去买一些午餐的食物，市场门前一个梯子忽然倒下，正好击中了她。送医院急救，手术后未能醒来，遂与世长辞。在进入手术室之前的最后一刻，她重复地对我说："华，你不要着急！华，你不要着急！"这是她最后对我说的一句话，她直到最后还是不放心我，她没有顾虑到她自己的安危。到了手术室门口，医师要我告诉她，请她不要紧张，最好是笑一下，医师也就可以轻松地执行他的手术。她真的笑了，这是我在她生时最后看到的她的笑容！她在极痛苦的时候，还是应人之请做出了一个笑容！她一生茹苦含辛，不愿使任何别人难过。

我说这是命运，因为我想不出别的任何理由可以解释。我问天，天不语。哈代（Thomas Hardy）有一首诗《二者的辐合》（The Convergence of the Twain），写一九一二年四月十五日豪华邮轮铁达尼号在大西洋上做处女航，和一座海上漂流的大冰山相撞，死亡在一千五百人以上。在时间上空间上配合得那样巧，以至造成那样的大悲剧。季淑遭遇的意外，亦正与此仿佛，不是命运是什么？人世间时常没有公道，没有报应，只是命运，盲目的命运！我像一棵树，突然一声霹雳，电火殛毁了半劈的树干，还剩下半株，有枝有叶，还活着，但是生意尽矣。两个人手拉着手地走下山，一个突然倒下去，另一只好跟跟跄跄地独自继续他的旅程！

本文曾引录潘岳的悼亡诗，其中有一句："上惭东门吴。"东门吴是人名，复姓东门，春秋魏人。《列子·力命》："魏人有东门吴者，其子死而不忧，其相室曰：'公之爱子，天下无有，今子死，不忧何也？'东门吴曰：'吾常无子，无子之时不忧；今子死，乃与向无子同，臣奚忧焉？'"这个说法是很勉强的。我现在茕然一鳏，其心情并不同于当初独身未娶时。多少朋友劝我节哀顺变，变故之来，无可奈何，只能顺承，而哀从中来，如何能节？我希望人死之后尚有鬼魂，夜眠闻声惊醒，以为亡魂归来，而竟无灵异。白昼萦想，不能去怀，希望梦寐之中或可相觌，而竟不来入梦！环顾室中，其物犹故，其人不存。元微之悼亡诗有句："唯将终夜常开眼，报答平生未展眉！"我固不仅是终夜常开眼也。

　　季淑逝后之翌日，得此间移民局通知前去检验体格然后领取证书。又逾数十日得大陆子女消息。我只能到她的坟墓去涕泣以告。六月三日师大英语系同人在台北善导寺设奠追悼，吊者二百余人，我不能亲去一恸，乃请陈秀英女士代我答礼，又信笔写一对联寄去，文曰："形影不离，五十年来成梦幻；音容宛在，八千里外吊亡魂。"是日我亦持诵《金刚经》一遍，口诵"一切有为法，如梦、幻、泡、影，如露亦如电，应作如是观"，而我心有驻，不能免于实执。五十余年来，季淑以其全部精力情感奉献给我，我能何以为报？秦嘉赠妇诗：

　　　　　　诗人感木瓜，乃欲答瑶琼。

　　　　　　愧彼赠我厚，惭此往物轻。

　　　　　　虽知未足报，贵用叙我情。

　　缅怀既往，聊当一哭！衷心伤悲，掷笔三叹！

## 想我的母亲

父母对子女的爱，子女对父母的爱，是神圣的。我写过一些杂忆的文字，不曾写过我的父母，因为关于这个题目我不敢轻易下笔。小民女士逼我写几句话，辞不获已，谨先略述二三小事以应，然已临文不胜风木之悲。

我的母亲姓沈，杭州人。世居城内上羊市街。我在幼时曾侍母归宁，时外祖母尚在，年近八十。外祖父入学后，没有更进一步的功名，但是课子女读书甚严。我的母亲教导我们读书启蒙，尝说起她小时苦读的情形。她同我的两位舅父一起冬夜读书，冷得腿脚僵冻，取大竹篓一，实以败絮，三个人伸足其中以取暖。我当时听得惕然心惊，遂不敢荒嬉。我的母亲来我家时年甫十八九，以后操持家务尽瘁终身，不复有暇进修。

我同胞兄弟姊妹十一人，母亲的劬育之劳可想而知。我记得我母亲常于百忙之中抽空给我们几个较小的孩子们洗澡。我怕肥皂水流到眼里，我怕痒，总是躲躲闪闪，总是格格地笑个不住，母亲没有工夫和我们纠缠，随手一巴掌打在身上，边洗边打边笑。

北方的冬天冷，屋里虽然有火炉，睡时被褥还是凉似铁。尤其是钻进被窝之后，脖子后面透风，冷气顺着脊背吹了进来。我们几个孩子睡一个大炕，头朝外，一排四个被窝。母亲每晚看到我们钻进了被窝，吱吱喳喳地笑语不停，便走过来把油灯吹熄，然后给我们一个个的把脖子后面的棉被塞紧，被窝立刻暖和起来，不知不觉地就睡着了。我不知道母亲用的是什么手法，只知道她塞棉被带给我无可言说的温暖舒适，我至今想起来还是快乐的，可是那个感受不可复得了。

我从小不喜欢喧闹。祖父母生日照例院里搭台唱傀儡戏或滦州影戏。一过八点我便掉头而去进屋睡觉。母亲得暇便取出一个大簸箩，里面装的是针线剪尺一类的缝纫器材，她要做一些缝缝连连的工作，这时候我总是一声不响地偎在她的身旁，她赶我走我也不走，有时候竟睡着了。母亲说我乖，也说我孤僻。如今想想，一个人能有多少时间可以偎在母亲身旁？

在我的儿时记忆中，我母亲好像是没有时候睡觉。天亮就要起来，给我们梳小辫是一桩大事，一根一根地梳个没完。她自己要梳头，我记得她用一把抿子蘸着刨花水，把头发弄得锃光大亮。然后她就要一听上房有动静便急忙前去当差。盖碗茶、燕窝、莲子、点心，都有人预备好了，但是需要她去双手捧着送到祖父母跟前，否则要儿媳妇做什么？在公婆面前，儿媳妇是永远站着，没有座位的。足足地站几个钟头下来，不是缠足的女人怕也受不了！最苦的是，公婆年纪大，不过午夜不安歇，儿媳妇要跟着熬夜在一旁侍候。她困极了，有时候回到房里来不及脱衣服倒下便睡着了。虽然如此，母亲从来没有发过一句怨言。到了民元前几年，祖父母相继去世，我母亲才稍得清闲，然而主持家政教养儿女也够她劳苦的了。她抽暇隔几年返回杭州老家去度夏，有好几次都是由我随侍。

母亲爱她的家乡。在北京住了几十年，乡音不能完全改掉。我们常取笑她，例如北京的"京"，她说成"金"，她有时也跟我们学，总是学不好，她自己也觉得好笑。我有时学着说杭州话，她说难听死了，像是门口儿卖笋尖的小贩说的话。

　　我想一般人都会同意，凡是自己母亲做的菜永远是最好吃的。我的母亲平常不下厨房，但是她高兴的时候，尤其是父亲亲自到市场买回鱼鲜或其他南货的时候，在父亲特烦之下，她也欣然操起刀俎。这时候我们就有福了。我十四岁离家到清华，每星期回家一天，母亲就特别疼爱我，几乎很少例外地要亲自给我炒一盘冬笋木耳韭菜黄肉丝，起锅时浇一勺花雕酒，这是我最喜欢的一道菜。但是这一盘菜一定要母亲自己炒，别人炒味道就不一样了。

　　我母亲喜欢在高兴的时候喝几盅酒。冬天午后围炉的时候，她常要我们打电话到长发叫五斤花雕，绿釉瓦罐，口上罩着一张毛边纸，温热了倒在茶杯里和我们共饮。下酒的是大落花生，若是有"抓空儿的"，买些干瘪的花生吃则更有味。我和两位姐姐陪母亲一顿吃完那一罐酒。后来我在四川独居无聊，一斤花生一罐茅台当做晚饭，朋友们笑我吃"花酒"，其实是我母亲留下的作风。

　　我自从入了清华，以后和母亲在一起的时候就少了。抗战前后各有三年和母亲住在一起。母亲晚年喜欢听平剧，最常去的地方是吉祥，因为离家近，打个电话给卖飞票的，总有好的座位。我很后悔，我没能分出时间陪她听戏，只是由我的姐姐弟弟们陪她消遣。

　　我父亲曾对我说，我们的家所以成为一个家，我们几个孩子所以能成为人，全是靠了我母亲的辛劳维护。一九四九年以后，音讯中断，直等到恢复联系，才知道母亲早已弃养，享寿九十岁。西俗，母亲节佩红康乃馨，如不确知母亲是否尚在则佩红白康乃馨各一。如今我只有佩白康乃馨的份儿了，养生送死，两俱有亏，惨痛惨痛！

# 忆老舍

我最初读老舍的《赵子曰》、《老张的哲学》、《二马》，未识其人，只觉得他以纯粹的北平土语写小说颇为别致。北平土语，像其他主要地区的土语一样，内容很丰富，有的是俏皮话儿、歇后语，精到出色的明喻暗譬，还有许多有声无字的词字。如果运用得当，北平土话可说是非常的生动有趣；如果使用起来不加检点，当然也可能变成为油腔滑调的"耍贫嘴"。以土话入小说本是小说家常用的一种技巧，可使对话格外显得活泼，可使人物性格显得真实凸出。若是一部小说从头到尾，不分对话叙述或描写，一律使用土话，则自《海上花》一类的小说以后并不多见。我之所以注意老舍的小说者盖在于此。胡适先生对于老舍的作品评价不高，他以为老舍的幽默是勉强造作的。但一般人觉得老舍的作品是可以接受的，甚至颇表欢迎。

抗战后，老舍有一段期间住在北碚，我们时相过从。他又黑又瘦，甚为憔悴，平常总是佝偻着腰，迈着四方步，说话的声音低沉、徐缓，但是有风趣。他和老向住在一起，生活当然是很清苦的。在名义上他是中国文艺界抗敌协会的负责人，事实上这个组织的分子很复杂，有不少野心分子企图从中操纵把持。老舍对待谁都是一样的和蔼亲切，存心厚道，所以他的人缘好。

有一次北碚各机关团体以国立编译馆为首发起募款劳军晚会，

一连两晚，盛况空前，把北碚儿童福利试验区的大礼堂挤得水泄不通。国立礼乐馆的张充和女士多才多艺，由我出面邀请，会同编译馆的姜作栋先生（名伶钱金福的弟子），合演一出"刺虎"，唱做之佳至今令人不能忘。在这一出戏之前，垫一段对口相声。这是老舍自告奋勇的，蒙他选中了我做搭档，头一晚他"逗哏"我"捧哏"，第二晚我逗他捧，事实上挂头牌的当然应该是他。他对相声特有研究。在北平长大的谁没有听过焦德海草上飞？但是能把相声全本大套地背诵下来则并非易事。如果我不答应上台，他即不肯露演，我为了劳军只好勉强同意。老舍嘱咐我说，"说相声第一要沉得住气，放出一副冷面孔，永远不许笑，而且要控制住观众的注意力，用干净利落的口齿在说到紧要处使出全副气力斩钉断铁一般迸出一句俏皮话，则全场必定爆出一片彩声哄堂大笑，用句术语来说，这叫做'皮儿薄'，言其一戳即破。"我听了之后连连辞谢说："我办不了，我的皮儿不薄。"他说："不要紧，咱们练着瞧。"于是他把词儿写出来，一段是《新洪羊洞》，一段是《一家六口》，这都是老相声，谁都听过。相声这玩意儿不嫌其老，越是经过千锤百炼的玩意儿越惹人喜欢，藉着演员的技艺风度之各有千秋而永远保持新鲜的滋味。相声里面的粗俗玩笑，例如"爸爸"二字刚一出口，对方就得赶快顺口答腔地说声"啊"，似乎太无聊，但是老舍坚持不能删免，据他看相声已到了至善至美的境界，不可稍有损益。是我坚决要求，他才同意在用折扇敲头的时候只要略为比画而无须真打。我们认真地排练了好多次。到了上演的那一天，我们走到台的前边，泥雕木塑一般绷着脸肃立片刻，观众已经笑不可抑，以后几乎只能在阵阵笑声之间的空隙进行对话。该用折扇敲头的时候，老舍不知是一时激动忘形，还是有意违反诺言，抡起大折扇狠狠地向我打来，我看来势不善，向后一闪，折扇正好打落了我的眼镜，说时迟，那时快，我手掌向上两手平伸，正好托住那落下来的眼镜，我保持那个姿势不动，彩声历久不绝，有人以为这是一手绝活儿，还高呼："再来一回！"

老舍的才华是多方面的，长短篇的小说、散文、戏剧、白话诗，无一不能，无一不精。而且他有他的个性，绝不俯仰随人。我现在检出一封老舍给我的信，是他离开北碚之后写的，那时候他的夫人已自北平赶来四川，但是他的生活更陷于苦闷。他患有胃下垂的毛病，割盲肠的时候用一小时余还寻不到盲肠，后来在腹部的左边找到了。这封信附有七律五首，由此我们也可窥见他当时的心情的又一面。

前几年王敬羲从香港剪写老舍短文一篇，可惜未注明写作或发表的时间及地点，题为《春来忆广州》，看他行文的气质，已由绚烂趋于平淡，但是有一缕惆怅悲哀的情绪流露在字里行间。听说他去年已做了九泉之客，又有人说他尚在人间。是耶非耶，其孰能辨之？兹将这一小文附录于后：

春来忆广州

我爱花。因气候、水土等等关系，在北京养花，颇为不易。

冬天冷，院里无法摆花，只好都搬到屋里来。每到冬季，我的屋里总是花比人多，形势逼人！屋中养花，有如笼中养鸟，即使用心调护，也养不出个样子来。除非特建花室，实在无法解决问题。我的小院里，又无隙地可建花室！

一看到屋中那些半病的花草，我就立刻想起美丽的广州来。去年春节后，我不是到广州住了一个月吗？哎呀，真是了不起的好地方！人极热情，花似乎也热情！大街小巷，院里墙头，百花齐放，欢迎客人，真是"交友看花在广州"啊！

在广州，对着我的屋门便是一株象牙红，高与楼齐，盛开着一丛红艳夺目的花儿，而且经常有很小的小鸟，钻进那朱红的小"象牙"里，如蜂采蜜。真美！只要一有空儿，我便坐在阶前，看那些花与小鸟。在家里，我也有一棵象牙红，可是高不及三尺，而且是种在盆子里。它入秋即放假休息，入冬便睡大觉，且久久不醒，直到端阳左右，它才开几朵先天不足的小花，绝对没有那种秀气的小鸟做伴！

现在，它正在屋角打盹，也许跟我一样，正想念它的故乡广东吧？

春天到来，我的花草还是不易安排：早些移出去吧，怕风霜侵犯，不搬出去吧，又都发出细条嫩叶，很不健康。这种细条子不会长出花来。看着真令人焦心！

好容易盼到夏天，花盆都运至院中，可还不完全顺利。院小，不透风，许多花儿便生了病。特别由南方来的那些，如白玉兰、栀子、茉莉、小金桔、茶花……也不知怎么就叶落枝枯，悄悄死去。因此，我打定主意，在买来这些比较娇贵的花儿之时，就认为它们不能长寿，尽到我的心，而又不作幻想，以免枯死的时候落泪伤神。同时，也多种些叫它死也不肯死的花草，如夹竹桃之类，以期老有些花儿看。

夏天，北京的阳光过暴，而且不下雨则已，一下就是倾盆倒海而来，势不可挡，也不利于花草的生长。

秋天较好，可是忽然一阵冷风，无法预防，娇嫩些的花儿就受了重伤。于是，全家动员，七手八脚，往屋里搬呀，各屋里都挤满了花盆，人们出来进去都须留神，以免绊倒！

真羡慕广州的朋友们，院里院外，四季有花，而且是多么出色的花呀！白玉兰高达数丈，干子比我的腰还粗！英雄气概的木棉，昂首天外，开满大红花，何等气势！就连普通的花儿，四季海棠与绣球什么的，也特别壮实，叶茂花繁，花小而气魄不小！看，在冬天，窗外还有结实累累的木瓜呀！真没法儿比！一想起花木，也就更想念朋友们！

# 忆冰心

　　初识冰心的人都觉得她不是一个令人容易亲近的人，冷冷的好像要拒人于千里之外。她的《繁星》、《春水》发表在晨报副刊的时候，风靡一时，我的朋友中如时昭瀛先生便是最为倾倒的一个，他逐日剪报，后来精裱成一长卷，在美国和冰心相遇的时候恭恭敬敬地献给了她。我在《创造周报》第十二期（民国十二年七月廿九日）写过一篇《〈繁星〉与〈春水〉》，我的批评是很保守的，我觉得那些小诗里理智多于情感，作者不是一个热情奔放的诗人，只是泰戈尔小诗影响下的一个冷隽的说理者。就在这篇批评发表后不久，于赴美途中在杰克孙总统号的甲板上不期而遇。经许地山先生介绍，寒暄一阵之后，我问她："您到美国修习什么？"她说："文学。"她问我："您修习什么？"我说："文学批评。"话就谈不下去了。

　　在海船上摇晃了十几天，许地山、顾一樵、冰心和我都不晕船，我们兴致勃勃地办了一份文学性质的壁报，张贴在客舱入口处，后来我们选了十四篇送给小说月报，发表在第十一期（民国十二年十一月十日），作为一个专辑，就用原来壁报的名称"海啸"。其中有冰心的诗三首：《乡愁》、《惆怅》、《纸船》。

　　民国十三年秋我到了哈佛，冰心在威尔斯莱女子学院，同属于波斯顿地区，相距约一个多小时火车的路程。遇有假期，我们几个朋友常去访问冰心，邀她泛舟于脑伦璧迦湖。冰心也常乘星期日之眼到波斯顿来做杏花楼的座上客。我逐渐觉得她不是恃才傲物的人，不过对人有几分矜持，至于她的胸襟之高超，感觉之敏锐，性情之细腻，均非一般人所可企及。

民国十四年三月二十八日波斯顿一带的中国学生在"美国剧院"公演《琵琶记》，剧本是顾一樵改写的，由我译成英文。我饰蔡中郎，冰心饰宰相之女，谢文秋女士饰赵五娘。逢场作戏，不免谑浪。后谢文秋与同学朱世明先生订婚，冰心就调侃我说："朱门一入深似海，从此秋郎是路人。""秋郎"二字来历在此。

冰心喜欢海，她父亲是海军中人，她从小曾在烟台随侍过一段期间，所以和浩瀚的海洋结下不解缘，不过在她的作品里嗅不出梅思斐尔的"海洋热"。她憧憬的不是骇浪滔天的海水，不是浪迹天涯的海员生涯，而是在海滨沙滩上拾贝壳，在静静的海上看冰轮乍涌。我民国十九年到青岛，一住四年，几乎天天与海为邻，几次三番地写信给她，从没有忘记提到海，告诉她我怎样陪同太太带着孩子到海边捉螃蟹，掘沙土，捡水母，听灯塔呜呜叫，看海船冒烟在天边逝去，我的意思是逗她到青岛来。她也很想来过一个暑季，她来信说："我们打算住两个月，而且因为我不能起来的缘故，最好是海涛近接于几席之下。文藻想和你们逛山散步，泅水，我则可以倚枕倾聆你们的言论。……我近来好多了，医生许我坐火车，大概总是有进步。"但是她终于不果来，倒是文藻因赴邹平开会之便到舍下盘桓了三五天。

冰心健康情形一向不好，说话的声音不能大，甚至是有上气无下气的。她一到了美国不久就呕血,那著名的《寄小读者》大部分是在医院床上写的。以后她一直时发时愈,缠绵病榻。有人以为她患肺病,那是不确的。她给赵清阁的信上说:"肺病绝不可能。"给我的信早就说得更明白:"为慎重起见,遵协和医嘱重行检验一次,X光线,取血,闹了一天,据说我的肺倒没毛病,是血管太脆。"她呕血是周期性的,有时事前可以预知,她多么想看青岛的海,但是不能来,只好叹息:"我无有言说,天实为之!"她的病严重地影响了她的创作生涯,甚至比照管家庭更妨碍她的写作,实在是太可惋惜的事。抗战时她先是在昆明,我写信给她,为了一句戏言,她回信说:"你问我除生病之外,所做何事。像我这样不事生产,当然使知友不满之意溢于言外。其实我到呈贡之后,只病过一次,日常生活都在跑山望水,柴米油盐,看孩子中度过……"在抗战期中做一个尽职的主妇真是谈何容易,冰心以病躯肩此重任,是很难为她了。她后来迁至四川的歌乐山居住,我去看她,她一定要我试一试他们睡的那一张弹簧床。我躺上去一试,真软,像棉花团,文藻告诉我他们从北平出来什么也没带,就带了这一张庞大笨重的床,从北平搬到昆明,从昆明搬到歌乐山,没有这样的床她睡不着觉!

歌乐山在重庆附近算是风景很优美的一个地方。冰心的居处在一个小小的山头上,房子也可以说是洋房,不过墙是土砌的,窗户很小很少,里面黑黝黝的,而且很潮湿。倒是门外有几十棵不大不小的松树,秋声萧瑟,瘦影参差,还值得令人留恋。一般人以为冰心养尊处优，以我所知，她在抗战期间并不宽裕。歌乐山的寓处也是借住的。

抗战胜利后，文藻任职我国驻日军事代表团，这一段时间才是她一生享受最多的，日本的园林之胜是她所最为爱好的，日常的生活起居也由当地政府照料得无微不至。下面是她到东京后两年写给我的一封信：

实秋：

九月廿六信收到。昭涵到东京，待了五天，我托他把那部日本版杜诗带回给你（我买来已有一年了！），到临走时他也忘了，再寻便人罢。你要吴清源和本因坊的棋谱，我已托人收集，当陆续奉寄。清阁在北平（此信给她看看），你们又可以热闹一下。我们这里到是很热闹，甘地所最恨的鸡尾酒会，这里常有！也累，也最不累，因为你可以完全不用脑筋说话，但这里也常会从万人如海之中飘闪出一两个"惊才绝艳"，因为过往的太多了，各国的全有，淘金似的，会浮上点金沙。除此之外，大多数是职业外交人员，职业军人，浮嚣的新闻记者，言语无味，面目可憎。在东京两年，倒是一种经验，在生命中算是很有趣的一段。文藻照应忙，孩子们照应，身体倒都不错，我也好。宗生不常到你处罢？他说高三功课忙得很，明年他想考清华，谁知道明年又怎么样？北平人心如何？看报仿佛不大好。东京下了一场秋雨，冷得美国人都披上皮大衣，今天又放了晴，天空蓝得像北平，真是想家得很！你们吃炒栗子没有？

冰心 十、十二<br>请嫂夫人安

一九四九年六月我来到台湾，接到冰心、文藻的信，信中说他们很高兴听到我来台的消息，但是一再叮咛要我立刻办理手续前往日本。风雨飘摇之际，这份友情当然可感，但是我没有去。此后就消息断绝。

附录：

冰心致作者的信之一

实秋：

前得来书，一切满意，为慎重起见，遵医（协和）嘱重行检查一次，X光线，取血，闹了一天，据说我的肺倒没毛病，是血管太脆。现在仍须静养，年底才能渐渐照常，长途火车，绝对禁止，于是又是一次幻象之消灭！

我无有言说，天实为之！我只有感谢你为我们费心，同时也羡慕你能自由地享受海之伟大，这原来不是容易的事！

文藻请安<br>冰心拜上 六月廿五

冰心致作者的信之二

实秋：

　　你的信，是我们许多年来，从朋友方面所未得到的，真挚痛快的好信！看完了予我们以若干的欢喜。志摩死了，利用聪明，在一场不入道不光明的行为之下，仍得到社会一班人的欢迎的人，得到一个归宿了！我仍是这么一句话，上天生一个天才，真是万难，而聪明人自己的糟蹋，看了使我心痛。志摩的诗，魄力甚好，而情调则处处趋向一个毁灭的结局。看他《自剖》里的散文、《飞》等等，仿佛就是他将死未绝时的情感，诗中尤其看得出，我不是信预兆，是说他十年来心理的酝酿，与无形中心灵的绝望与寂寥，所形成的必然的结果！人死了什么话都太晚，他生前我对着他没有说过一句好话，最后一句话，他对我说的："我的心肝五脏都坏了，要到你那里圣洁的地方去忏悔！"我没说什么，我和他从来就不是朋友，如今倒怜惜他了，他真辜负了他的一股子劲！

　　谈到女人，究竟是"女人误他？""他误女人？"也很难说。志摩是蝴蝶，而不是蜜蜂，女人的好处就得不着，女人的坏处就使他牺牲了。

　　——到这里，我打住不说了！

　　我近来常常恨我自己，我真应当常写作，假如你喜欢《我劝你》那种的诗，我还能写他一二十首。无端我近来又教了书，天天看不完的卷子，使我头痛心烦。是我自己不好，只因我有种种责任，不得不要有一定的进款来应用，过年我也许不干或少教点，整个地来奔向我的使命和前途。

我们很愿意见见你，朋友们真太疏远了！年假能来么？我们约了努生，也约了昭涵，为国家你们也应当聚聚首了，我若百无一长，至少能为你们煮咖啡！小孩子可爱得很，红红的颊，蜷曲的浓发，力气很大，现在就在我旁边玩，他长得像文藻，脾气像我，也急，却爱笑，一点也不怕生。

请太太安

冰心　十一、廿五

## 冰心致作者的信之三

实秋：

山上梨花都开过了，想雅舍门口那一大棵一定也是绿肥白瘦，光阴过得何等得快！你近来如何？听说曾进城一次，歌乐山竟不曾停车，似乎有点对不起朋友。刚给白薇写几个字，忽然想起赵清阁，不知她近体如何？春来是否痊了？请你代走一趟，看看她，我自己近来好得很。文藻大约下月初才能从昆明回来，他生日是二月九号，你能来玩玩否？余不一一，即请大安问业雅好

冰心　三月廿五日

**冰心致赵清阁的信**

清阁：

信都收入，将来必有一天我死了都没有人哭。关于我病危的谣言已经有太多次了，在远方的人不要惊慌，多会真死了才是死，而且肺病绝不可能。这种情形，并不算坏。就是有病时（有时）太寂寞一点，而且什么都要自己管，病人自己管自己，总觉得有点那个！你叫我写文章，尤其是小说，我何尝不想写，就是时间太零碎，而且杂务非常多。也许我回来时在你的桌上会写出一点来。上次给你寄了樱花没有？并不好，就是多，我想就是菜花多了也会好看，樱花意味太哲学了，而且属于悲观一路，我不喜欢。朋友们关心我的，请都替我辟谣，而且问好。参政会还没有通知，我也不知道是否五月开，他们应当早通知我，好作准备。这边待得相当腻，朋友太少了，风景也没有什么，人为居多，如森林，这都是数十年升平的结果。我们只要太平下来五十年，你看看什么样子，总之我对于日本的□□，第一是女人（太没有背脊骨了），第二是樱花，第三第四也还要有……匆匆请放心

冰心　四、十七

**冰心致作者的信之四**

实秋：

　　文藻到贵阳去了，大约十日后方能回来，他将来函寄回，叫我作复。大札较长，回诵之余，感慰无尽。你问我除生病之外，所做何事，像我这样不事生产，当然使知友不满之意，溢于言外。其实我到呈贡后，只病过一次，日常生活，都在跑山望水，柴米油盐，看孩子中度过。自己也未尝不想写作，总因心神不定，前作《默庐试笔》断续写了三夜，成了六七千字，又放下了。当然并不敢妄自菲薄，如今环境又静美，正是应当振作时候，甚望你常常督促，省得我就此沉落下去。呈贡是极美，只是城太小，山下也住有许多外来的工作人员，谈起来有时很好，有时就很索然，在此居留，大有 Main Street 风味，渐渐地会感到孤寂。（当然昆明也没有什么意思，我每次进城，都亟欲回来！）我有时想这不是居处关系，人到中年，都有些萧索。我的一联是"海内风尘诸弟隔，天涯涕泪一身遥"，庶几近之。你是个风流才子，"时势造成的教育专家"，同时又有"高尚娱乐""活鱼填鸭充饥"。所谓之"依人自笑冯驩老，作客谁怜范叔寒"两句（你对我已复述过两次），真是文不对题，该打！该打！只是思家之念，尚值得人同情耳！你跌伤已痊愈否？景超如此仗义疏财，可惜我不能身受其惠。

　　我们这里，毫无高尚娱乐，而且虽有义可仗，也无财可疏，为可叹也！文藻信中又嘱我为一樵写一条横幅，请你代问他，可否代以"直条"？我本来不是写字的人，直条还可闭着眼草下去，写完"一暝不视"（不是"掷笔而逝"）！横幅则不免手颤了，请即复。山风渐动，阴雨时酸寒透骨，幸而此地阳光尚多，今天不好，总有明天可以盼望。你何时能来玩玩？译述脱稿时请能惠我一读。景超、业雅、一樵请代致意，此信可以传阅。静夜把笔，临颖不尽。

冰心拜启　十一月廿七

## 冰心致作者的信之五

实秋：

我弟妇的信和你的同到。她也知道她找事的不易，她也知道大家的帮忙，叫我写信谢谢你！总算我做人没白做，家人也体恤，朋友也帮忙，除了"感激涕零"之外，无话可说！东京生活，不知宗生回去告诉你多少？有时很好玩，有时就寂寞得很。大妹身体痊愈，而且苗壮，她廿号上学，是圣心国际女校。小妹早就上学（九·一）。我心绪一定，倒想每日写点东西，要不就忘了。文藻忙得很，过去时时处处有回去可能，但是总没有走得成。这边本不是什么长事，至多也只到年底。你能吃能睡，茶饭无缺，这八个字就不容易！老太太、太太和小孩子们都好否？关于杜诗，我早就给你买了一部日本版的，放在那里，相当大，坐飞机的无人肯带，只好将来自己带了。书贾又给我送来一部中国版的（嘉庆）和一部《全唐诗》，我也买了，现在日本书也贵。我常想念北平的秋天，多么高爽！这里三天台风了，震天撼地，到哪儿都是潮不唧的，讨厌得很。附上昭涵一函，早已回了，但是朋友近况，想你也要知道。

文藻问好

冰心　中秋前一日

## 后记

绍唐吾兄：

在《传记文学》十三卷六期我写过一篇《忆冰心》，当时我根据几个报刊的报道，以为她已不在人世，情不自已，写了那篇哀悼的文字。

今年春，凌叔华自伦敦来信，告诉我冰心依然健在，惊喜之余，深悔孟浪。顷得友人自香港剪寄今年五月二十四日香港《新晚报》，载有关冰心的报道，标题是《冰心老当益壮酝酿写新书》，我从文字中提炼出几点事实：

（一）冰心今年七十三岁，还是那么健康，刚强，洋溢着豪逸的神采。

（二）冰心后来从未教过书，只是搞些写作。

（三）冰心申请了好几次要到工农群众中去生活，终于去了，一住十多个月。

（四）目前她好像是"待在"中央民族学院里，任务不详。

（五）她说："很希望写一些书"，最后一句话是"老牛破车，也还要走一段路的"。

此文附有照片一帧。人还是很精神的，只是二十多年不见，显着苍老多了。因为我写过《忆冰心》一文，我觉得我有义务作简单的报告，更正我轻信传闻的失误。

弟梁实秋拜启　一九七二年六月十五日西雅图

## 徐志摩的诗与文

今天是徐志摩逝世五十年纪念日。五十年说长不长，说短不短。不过人生不满百，能有几个五十年？

常听人说，文学作品要经过时间淘汰，才能显露其真正的价值。有不少作品，轰动一时，为大众所爱读，但是不久之后环境变了，不复能再激起读者的兴趣，畅销书就可能变成廉价的剩余货，甚至从人的记忆里完全消逝。有些作品却能历久弥新，长期被人欣赏。时间何以能有这样大的力量？其主要关键在于作品是否具有描述人性的内涵。人性是普遍的、永久的，不因时代环境之变迁而改变。所以各个时代的有深度的优秀作品永远有知音欣赏。其次是作品而有高度的技巧、优美的文字，也是使作品不朽的一个条件。通常是以五十年为考验的时期，作品而能通过这个考验的大概是可以相当长久地存在下去了。这考验是严酷无情的，非政治力量所能操纵，亦非批评家所能左右，更非商业宣传所能哄抬，完全靠作品的实质价值而决定其是否能长久存在的命运。

志摩逝世了五十年，他的作品通过了这一项考验。

梁锡华先生比我说得更坚定，他说："徐志摩在新文学史占一席位是无可置疑的，而新文学史是晚清之后中国文学史之继续，也是不容否认的，虽然慷慨悲歌的遗老遗少至今仍吞不下这颗药丸，但是他们的子孙还得要吞，也许会嚼而甘之也未可料。"文学史是绵联不断的，只有特殊的社会变动或暴力政治集团可能扼杀文学生命于一时，但不久仍然会复苏。白话文运动是自然的、合理的一项发展，没有人能否定。不过，在文学史上占一席位固然不易，其文学作品的本身价值实乃另一问题。据我看，徐志摩不仅在新文学史上占一席位，其作品经过五十年的淘汰考验，也成了不可否认的传世之作。

请先从新诗说起。胡适之先生的《尝试集》是新诗的开山之作，但是如今很少人读了。因为这部作品的存在价值在于为一种文学主张作实验，而不是在于其本身的文学成就。《尝试集》是旧诗新诗之间发展过程中的一大里程碑。胡先生不是诗人，他的理性强过于他的感性，他的长于分析的头脑不容许他长久停留于直觉的情感的境界中。他偶有小诗，也颇清新可喜，但是明白清楚有余，沉郁顿挫不足。徐志摩则不然，虽然他自承"我查过我的家谱，从永乐以来，我们家里没有写过一行可供传诵的诗句"，表示他们家是"商贾之家，没有读书人"，但是他是诗人。毁他的人说他是纨绔子，说他飞扬浮躁，但是认识他的人都知道他是一个非常敏感而且多情的人，有他的四部诗集为证。

志摩有一首《再别康桥》脍炙人口。开头一节是：

轻轻的我走了，
正如我轻轻的来；
我轻轻的招手，

作别西天的云彩。

最后一节是：

　　悄悄的我走了，
　　正如我悄悄的来；
　　我挥一挥衣袖，
　　不带走一片云彩。


　　这一首诗至今有很多读者不断地吟哦，欣赏那带着哀伤的一往
情深的心声。初期的新诗有这样成就的不可多得。还有一首《偶然》
也是为大家所传诵的——


　　我是天空里的一片云，
　　偶尔投影在你的波心——
　　你不必讶异，
　　更无须欢喜——
　　在转瞬间消灭了踪影。
　　你我相逢在黑夜的海上，
　　你有你的、我有我的方向；
　　你记得也好，
　　最好你忘掉。

在这交会时互放的光亮!

　　我也不知为什么，我最爱读的是他那一首《这年头活着不易》。志摩的诗一方面受胡适之先生的影响，力求以白话为诗，像《谁知道》一首就很像胡先生写的人力车夫，但是志摩的诗比胡先生的诗较富诗意，在技巧方面也进步得多。在另一方面他受近代英文诗的影响也很大，诗集中有一部分根本就是英诗中译。最近三十年来，新诗作家辈出，一般而论其成绩超越了前期的作者，这是无容置疑的事。不过诗就是诗，好诗就是好诗，不一定后来居上，也不一定继起无人。

　　讲到散文，志摩也是能手。自古以来，有人能诗不能文，也有人能文不能诗。志摩是诗文并佳，我甚且一度认为他的散文在他的诗之上。一般人提起他的散文就想起他的《浓得化不开》。那两篇文字确是他自己认为得意之作，我记得他写成之后，情不自禁，自动地让我听他朗诵。他不善于读诵，我勉强听完。这两篇文字列入小说集中，其实是两篇散文游记，不过他的写法特殊，以细密的笔法捕捉繁华的印象，我不觉得这两篇文字是他的散文代表作。《巴黎的鳞爪》与《自剖》两集才是他的散文杰作。他的散文永远是亲切的，是他的人格的投射，好像是和读者晤言一室之内。他的散文自成一格，信笔所之，如行云流水。他自称为文如"跑野马"，没有固定的目标，没有拟好的路线。严格讲，这不是正规的文章作法。志摩仗恃他有雄厚的本钱——热情与才智，故敢于跑野马，而且令人读来也觉得趣味盎然。这种写法是别人学不来的。

# 记张自忠将军

我与张自忠将军仅有一面之雅，但印象甚深，较之许多常常谋面的人更难令我忘怀。读《传记文学》秦绍文先生的大文，勾起我的回忆，仅为文补充以志景仰。

民国二十九年一月我奉命参加国民参政会之华北视察慰劳团，由重庆出发经西安、洛阳、郑州、南阳、宜昌等地，访问了五个战区七个集团军司令部，其中之一便是张自忠将军的防地，他的司令部设在襄樊与当阳之间的一个小镇上，名快活铺。我们到达快活铺的时候大概是在二月中，天气很冷，还降着漾漾的冰霰。我们旅途劳顿，一下车便被招待到司令部。这司令部是一栋民房，真正的茅茨土屋，一明一暗，外间放着一张长方形木桌，环列木头板凳，像是会议室，别无长物，里间是寝室，内有一架大木板床，床上放着薄薄的一条棉被，床前一张木桌，桌上放着一架电话和两三叠镇尺压着的公文，四壁萧然，简单到令人不能相信其中有人居住的程度。但是整洁干净，一尘不染。我们访问过多少个司令部，无论是后方的或是临近前线的，没有一个在简单朴素上能比得过这一个。孙蔚如将军在中条山上的司令部，也很简单，但是也还有几把带靠背的椅子，孙仿鲁将军在唐河的司令部也极朴素，但是他也还有设备相当齐全的浴室。至于那些雄霸一方的骄兵悍将就不必提了。

张将军的司令部固然简单，张将军本人却更简单。他有一个高高大大的身躯，不愧为北方之强，微胖，推光头，脸上刮得光净，颜色略带苍白，穿普通的灰布棉军服，没有任何官阶标识。他不健谈，更不善应酬，可是眉宇之间自有一股沉着坚毅之气，不是英才勃发，是温恭蕴藉的那一类型。他见了我们只是闲道家常，对于政治军事一字不提。他招待我们一餐永不能忘的饭食，四碗菜，一只火锅。四碗菜是以青菜豆腐为主，一只火锅是以豆腐青菜为主。其中也有肉片肉丸之类点缀其间。每人还加一只鸡蛋放在锅子里煮。虽然他直说简慢抱歉的话，我看得出这是他在司令部里最大的排场。这一顿饭吃得我们满头冒汗，宾主尽欢，自从我们出发视察以来，至此已将近尾声，名为慰劳将士，实则受将士慰劳，到处大嚼，直到了快活铺这才心安理得地享受了一餐在战地里应该享受的伙食。珍馐非我之所欲，设非其时非其地，则顺着脊骨咽下去，不是滋味。

晚间很早地就被打发去睡觉了。我被引到附近一栋民房，一盏油灯照耀之下看不清楚什么，只见屋角有一大堆稻草，我知道那是我的睡铺。在前方，稻草堆就是最舒适的卧处，我是早有过经验的，既暖和又松软。我把随身带的铺盖打开，放在稻草堆上倒头便睡。一路辛劳，头一沾枕便呼呼入梦。俄而轰隆轰隆之声盈耳，惊慌中起来凭窗外视，月明星稀，一片死寂，上刺刀的卫兵在门外踱来踱去，态度很是安详，于是我又回到被窝里，但是断断续续的炮声使我无法再睡了。第二天早晨起来，参谋人员告诉我，这炮声是天天夜里都有的，敌人和我军只隔着一条河，到了黑夜敌人怕我们过河偷袭，所以不时地放炮吓吓我们，表示他们有备，实际上是他们自己壮胆。我军听惯了，根本不理会他们，他们没有胆量开过河来。那么，我们是不是有时也要过河去袭击敌人呢？据说是的，我们经常有部队过河作战，并且有后继部队随时准备出发支援，张将军也常亲自过河督师。这条河，就是襄河。

早晨天仍未晴，冰霰不停，朔风刺骨。司令部前有一广场，是扩大了的打谷场，就在那地方召集了千把名士兵，举行赠旗礼，我们奉上一面锦旗，上面的字样不是"我武维扬"便是"国之干城"之类，我还奉命说了几句话，在露天讲话很难，没讲几句就力竭声嘶了。没有乐队，只有四把喇叭，简单而肃穆。行完礼张将军率领部队肃立道边，送我们登车而去。

回到重庆，大家争来问讯，问我在前方有何见闻。平时足不出户，哪里知道前方的实况？真是一言难尽。军民疾苦，惨不忍言，大家只知道"前方吃紧后方紧吃"，其实亦不尽然，后方亦有不紧吃者，前方亦有紧吃者，大概高级将领之能刻苦自律如张自忠将军者实不可多觏。我尝认为，自奉俭朴的人方能成大事，讷涩寡言笑的人方能立大功。果然五月七日夜张自忠将军率部渡河解救友军，所向皆捷，不幸陷敌重围，于十六日壮烈殉国！大将陨落，举国震悼。

张将军灵榇由重庆运至北碚河干，余适寓北碚，亲见民众感情激动，群集江滨。遗榇厝于北碚附近小镇天生桥之梅花山。山以梅花名，并无梅花，仅一土丘蜿蜒公路之南侧，此为由青木关至北碚必经之在，行旅往还辄相顾指点："此张自忠将军忠骨长埋之处也。"

将军之生平与为人，余初不甚了了，唯"七七事变"前后余适在北平，对于二十九军诸将领甚为敬佩与同情，其谋国之忠与作战之勇，视任何侪辈皆无逊色，谓予不信，请看张自忠将军之事迹。

## 怀念陈慧

前几天在华副师大文学周的某一期里看到邱燮友先生的一篇文章，提到陈慧，我读了心里很难过，因为陈慧已在十多年前自杀了。

陈慧本名陈幼睿，广东梅县人，在海外流浪，以侨生名义入师范大学国文系，毕业后又入国文研究所，取得硕士学位。在报刊上他不时地有新诗发表，有些首写得颇有情致。某一天他写信来要求和我谈谈。到时候他来到安东街我家，这是我第一次和他会面，谈的是有关诗的问题，以及他个人的事。他身材修长，清癯消瘦的脸苍白得可怕，头发蓬松，两只大眼睛呆滞地向前望着，一望而知他是一个抑郁寡欢的青年。年轻的学生们常有一些具有才气而性格奇特的畸人，不知为什么我对他们有缘，往往一见如故，就成为朋友。陈慧要算是其中一个。从他的言谈里我知道他有深沉的乡愁，萦念他的家乡，而且孝思不匮，特别想念他的老母。他说话迟缓，近于木讷，脸上常带笑容，而那笑不是欢笑。我的客厅磨石子地，没有地毯，打蜡之后很亮很滑，我告他不必脱鞋，我没有拖鞋供应。他坚持要脱，露出了前后洞穿得脏破的袜子。他也许自觉甚窘，不断地把两脚往沙发底下伸，同时不停地搓着手。每次来都是这样。

他的硕士论文我记得是《〈世说新语〉的研究》，《世说新语》正好是我所爱读的一部书，里面问题很多，文字方面难解之处亦复不少，因此我们也得互相切磋之益。但是他并不重视他的论文，因为他不是属于学院派的那个类型，对于考据校勘的工作不大感兴趣，认为是枯燥无味，他喜欢欣赏玩味《世说新语》所涵有的那些隽永的哲理和晶莹的辞句。论文写好之后曾拿来给我看，厚厚的一大本，确实代表了他所投下的大量的工夫。他自己并不觉得满意，也不曾企图把它发表。

他对于学校里某些老师颇有微词，以为他们坚持有志于学的生员必须履行旧日拜师的礼节，乃是不合理的事，诸如三跪九叩、点蜡烛、摆香案、宴宾客等等。他尤其不满意的是，对于不肯这样拜师的人加以歧视，对于肯行礼如仪的人也并不传授薪火，最多只是拿出几本递相传授的曾经批点过的古书手稿之类予以展示。陈慧很倔强，不肯磕头拜师，据他说这是他毕业之后不获留校做助教讲师的根由。我屡次向他解说，磕头拜师是旧日传统礼仪，其基本动机是尊师重道，无可厚非，虽然在学校读书已有师生之分，无须于今之世再度补行旧日拜师之礼，而且叠床架屋，转滋纷扰。不过开设门庭究竟是师徒两相情愿之事，也并不悖尊师重道之旨，大可不必耿耿于怀。我的解释显然不能使他释怀，他的忧郁有增无减。

他的恋爱经验更添加了他的苦楚。他偶然在公车上邂逅一位女郎，一头秀发披肩，他讶为天人。攀谈之下，原是同学，从此往来遂多，而女殊无意。他坠入苦恼的深渊不克自拔。暑假开始，他要去狮头山小住，一面避暑，一面以小说体裁撰写其失恋经过，以摅发他心中的烦闷。他邀我同行，我愧难以应。他独自到了狮头山上，住进最高峰的一个尼姑庵里。他来信说，他独居一大室，空空洞洞，冷冷清清，经声梵响，发人深省，一夕室内剥啄之声甚剧，察视并无人踪，月黑风高，疑为鬼物为祟，惊骇欲绝，天明时才发现乃一野猫到处跳踉。庵中茹素，但鲜笋风味极佳，频函促我前去同享，我婉谢之。山居这一段期间可能是他最快乐的时间。下山归来挟小说稿示我：哀然巨帙，凡数十万言。但仆仆奔走，出版家不可得，这对他又是一项打击。

他的恋爱一波未平一波又起。据他告诉我这一回不是浪漫的爱，是脚踏实地的步步为营。对方是一位南洋女侨生，毕业后将返回马来亚侨居地，于是他也想追踪南去。几经治求，终于得到婆罗洲汶莱的一所侨校的邀聘。他十分高兴地偕同他的女友来我家辞行，我祝福他们一帆风顺。他抵达汶莱之后，兴致很高，择期专赴近在咫尺的吉隆坡，用意是拜访女友家长，期能同意他们的婚事。万没想到晤谈之后竟遭否决。好事难谐，废然而退。这是他再度的失败。他觉得在损伤之外又加上了侮辱。他没有理由再在汶莱勾留，决心要到美国去发展。不幸的又在签证上发生了波折，美国领事拒绝签证，他和领事发生了剧烈的争吵，最后还是签证了，他气愤地到了纽约。这一段经过他有长函向我报告，借唠叨的叙述发泄他的积郁，我偶然也复他一信安慰他一番。

他在纽约茫茫人海，举目无亲，原意人大学研究所，继续研读中国文学，但美国大学之讲授中国文学，其对象为美国人士，需操英语，他的条件不具备，因此被拒。穷途无聊，乃入中国餐馆打工，生活可以维持，情绪则非常低落。他买了几件小小礼物，托人带给我，并附长信，谓流落外邦，伤心至极，孤独惶恐，走投无路，愿我为他指点迷津。我看他满纸辛酸，而语意杂乱，征营慑悸之情跃然纸上，恐将近于精神崩溃。我乃驰书正颜相告："为君之计，既不能入学读书，又无适当职业可得，曷不早归？"以后遂无音讯。

约半年后，以跳楼自杀闻。只是听人传说，尚未敢信，一九七〇年四月我偕眷旅游纽约，遇师大同学陈达遵先生，经他证实确有此事，而且他和陈慧相当熟识。

莎士比亚的《仲夏夜之梦》第五幕第一景有这样一段：

情人与疯子都是头脑滚热，想入非非，所以能窥见冷静的理智所永不能明察的东西。疯子、情人、诗人，都完全是用想象造成的：一个人若看见比地狱所能容的更多的鬼，那便是疯子；情人，也全是一样的狂妄，在一个吉普赛女人脸上可以看出海伦的美貌；诗人的眼睛，在灵感的热狂中只消一翻，便可从天堂看到人世，从人世看到天堂……

疯子、情人、诗人，三位一体，如果时运不济，命途边遭，其结果怎能不酿成悲剧？陈慧天性厚道，而又多愁善感，有诗人的禀赋。但是他的身世仪表地位又不足以使他驰骋情场得心应手，同时性格又不够稳定，容易激动。终于走上绝途，时哉命也！

我手边没有存留他的信笺诗作，现在提笔写他，他的音容，尤其是他的那两只茫然的大眼睛，恍然如在目前。

# 胡适先生二三事

胡先生是安徽徽州绩溪县人，他对于他的乡土念念不忘，常告诉我们他的家乡的情形。徽州是个闭塞的地方，四面皆山，地瘠民贫，山地多种茶。每逢收茶季节，茶商经由水路从金华到杭州再到上海求售，所以上海的徽州人特多，号称徽帮，其势力一度不在宁帮之下。四马路一带就有好几家徽州馆子。

1928年至1929年间，有一天，胡先生特别高兴，请努生、光旦和我到一家徽州馆吃午饭。上海的徽州馆相当守旧，已经不能和新兴的广东馆、四川馆相比，但是胡先生要我们去尝尝他的家乡风味。

我们一进门，老板一眼望到胡先生，便从柜台后面站起来笑脸相迎，满口的徽州话，我们一点也听不懂。等我们扶着栏杆上楼的时候，老板对着后面厨房大吼一声。我们落座之后，胡先生问我们是否听懂了方才那一声大吼的意义。我们当然不懂，胡先生说："他是在喊：'绩溪老倌，多加油啊！'"原来绩溪是个穷地方，难得吃油大，多加油即是特别优待老乡之意。果然，那一餐的油不在少。有两个菜给我的印象特别深：一个是划水鱼，即红烧青鱼尾，鲜嫩无比；一个是生炒蝴蝶面，即什锦炒生面片，非常别致。缺点是味太咸，油太大。

徽州人聚族而居，胡先生常夸说，姓胡的、姓汪的、姓程的、姓吴的、姓叶的，大概都是徽州的，或是源出于徽州的。努生调侃地说："胡先生，如果再扩大研究下去，我们可以说中华民族起源于徽州了。"相与抚掌大笑。

吾妻季淑是绩溪程氏，我在胡先生座中如遇有徽州客人，胡先生必定这样介绍我："这是梁某某，我们绩溪的女婿，半个徽州人。"他的记忆力特别好，他不会忘记提起我的岳家早年在北京开设的程五峰斋，那是一家在北京与胡开文齐名的笔墨店。

胡先生酒量不大，但很喜欢喝酒。有一次他的朋友结婚，请他证婚，这是他最喜欢做的事，筵席只预备了两桌，礼毕入席，每桌备酒一壶，不到一巡而酒已告罄。胡先生大呼添酒，侍者表示为难。主人连忙解释，说新娘是节酒会的会员。胡先生从怀里掏出现洋一元交付侍者，说："不干新郎新娘的事，这是我们几个朋友今天高兴，要再喝几杯。赶快拿酒来。"主人无可奈何，只好添酒。

事实上胡先生从不闹酒。1931 年春，胡先生由沪赴平，道出青岛，我们请他到青岛大学演讲，他下榻万国疗养院。讲题是"山东在中国文化里的地位"，就地取材，实在高明之至，对于齐鲁文化的变迁、儒道思想的递嬗，讲得头头是道，听众无不欢喜。当晚青大设宴，胡先生赶快从袋里摸出一只大金指环给大家传观，上面刻着"戒酒"二字，是胡太太送给他的。

胡先生交游广，应酬多，几乎天天有人邀饮，家里可以无需开伙。徐志摩曾风趣地说："我最羡慕我们胡大哥的肠胃，天天酬酢，肠胃居然吃得消！"其实胡先生并不欣赏这种交际性的宴会，只是无法拒绝而已。1931 年 6 月 21 日胡先生写信给我，劝我离开青岛到北大教书，他说："你来了，我陪你喝十碗好酒！"

胡先生住上海极司菲尔路的时候，有一回请"新月社"一些朋友到他家里吃饭，菜是胡太太亲自做的徽州著名的"一品锅"。一只大铁锅，口径差不多有一英尺，热腾腾的端了上桌，里面还在滚沸，一层鸡，一层鸭，一层肉，点缀着一些蛋皮饺，紧底下是萝卜白菜。胡先生详细介绍这一品锅，告诉我们这是徽州人家待客的上品，酒菜、饭菜、汤，都在其中矣。对于胡太太的烹调本领，他是赞不绝口的。他认为另有一样食品也是非胡太太不能办的，那就是蛋炒饭——饭里看不见蛋而蛋味十足，我虽没有品尝过，可是我早就知道其做法是把饭放在搅好的蛋里拌匀后再下锅炒。

胡先生不以书法名，但是求他写字的人太多，他也喜欢写。他做中国公学校长的时候，每星期到吴淞三两次，我每次遇见他都是看到他被学生们里三层外三层地密密围绕着。学生要他写字，学生需要自己备纸和研好的墨。他未到校之前，桌上已按次序排好一卷一卷的宣纸，一盘一盘的墨汁。他进屋之后就伸胳膊挽袖子，挥毫落纸如云烟，还要一面和人寒暄，大有手挥五弦目送飞鸿之势。胡先生的字如其人，清癯消瘦，而且相当工整，从来不肯作行草，一横一捺都拖得很细很长，好像是伸胳膊伸腿的样子。不像瘦金体，没有那一份劲逸之气，可是不俗。胡先生说蔡孑民先生的字，也是瘦骨嶙峋，和一般人点翰林时所写的以黑大圆光著名的墨卷迥异其趣，胡先生曾问过他，以他那样的字何以能点翰林，蔡先生答说："也许是因为当时最流行的是黄山谷的字体罢！"

胡先生最爱写的对联是："大胆地假设，小心地求证；认真地做事，严肃地做人。"我常惋惜，大家都注意上联，而不注意下联。这一联有如双翼，上联教人求学，下联教人做人，我不知道胡先生这一联产生了多少效果。这一联教训的意味很浓，胡先生自己亦不讳言他喜欢用教训的口吻。他常说："说话而教人相信，必须斩钉截铁，咬牙切齿，翻来覆去。《圣经》里便是时常使用 Verily、Verily 以及 Thou shalt 等等的字样。"胡先生说话并不武断，但是语气永远是非常非常坚定的。

胡先生从来不在人背后说人的坏话，而且也不喜欢听人在他面前说别人的坏话。有一次他听了许多不相干的闲话之后喟然而叹曰："来说是非者，便是是非人！"相反的，人有一善，胡先生辄津津乐道，真是口角春风。徐志摩给我的一封信里有"胡圣潘仙"一语，是因为胡先生向有"圣人"之称，潘光旦只有一条腿，可跻身八仙之列，并不完全是戏谑。

　　　　　　　　　一九七四年八月二十九日于美国西雅图

## 叶公超二三事

公超在某校任教时，邻居为一美国人家。其家顽童时常翻墙过来骚扰，公超不胜其烦，出面制止。顽童不听，反以恶言相向，于是双方大声诟谇，秽语尽出。其家长闻声出视，公超正在厉声大骂：I'll crown you with a pot of shit!（我要把一桶粪浇在你的头上！）

那位家长慢步走了过来，并无怒容，问道："你这一句话是从哪里学来的？我有好久没有听见过这样的话了。你使得我想起我的家乡。"

公超是在美国读完中学才进大学的，所以美国孩子们骂人的话他都学会了。他说，学一种语言，一定要把整套的咒骂人的话学会，才算彻底。如今他这一句粪便浇头的脏话使得邻居和他从此成朋友。这件事是公超自己对我说的。

公超在暨南大学教书的时候，因兼图书馆长，而且是独身，所以就住在图书馆楼下一小室，床上桌上椅上全是书。他有爱书癖，北平北京饭店楼下 Vetch 的书店、上海的别发公司，都是他经常照顾的地方。做了图书馆长，更是名正言顺地大量买书。他私人嗜读的是英美的新诗。英美的诗，到了第二次大战以后，才有所谓"现代诗"大量出现。诗风偏向于个人独特的心理感受，而力图摆脱传统诗作的范畴，偏向于晦涩。公超关于诗的看法与徐志摩、闻一多不同。当时和公超谈得来的新诗作家，饶孟侃（子离）是其中之一。

公超由图书馆楼下搬出，在真如乡下离暨南不远处租了几间平房，小桥流水，阡陌纵横，非常雅静。子离有时也在那里下榻，和公超为伴。有一天二人谈起某某英国诗人，公超就取出其人诗集，翻出几首代表作，要子离读，读过之后再讨论。子离倦极，抛卷而眠。公超大怒，顺手捡起一本大书投掷过去。虽未使他头破血出，却使得他大惊。二人因此勃谿。这件事也是公超自己对我说的。

公超萧然一身，校中女侨生某常去公超处请益。其人貌仅中姿，而性情柔顺。公超自承近于大男人沙文主义者，特别喜欢 meek（柔顺）的女子。这位女生有男友某，扬言将不利于公超。公超惧，借得手枪一支以自卫。一日偕子离外出试枪，途中有犬猖猖，乃发一枪而犬毙。犬主索赔，不得已只得补偿之。女生旋亦返国嫁一贵族。

公超属于"富可敌国贫无立锥"的类型。他的叔父叶恭绰先生收藏甚富，包括其外公赵之谦的法书在内。抗战期间这一批收藏存于一家银行仓库，家人某勾结伪组织特务人员图谋染指，时公超在昆明教书，奉乃叔父电召赴港转沪寻谋处置之道，不幸遭敌伪陷害入狱，后来取得和解方得开释。据悉这部分收藏现在海外。而公超离开学校教席亦自此始。

公超自美大使卸任归来后，意态萧索。我请他在师大英语研究所开现代英诗一课，他碍于情面俯允所请。但是他宦游多年，实已志不在此，教一学期而去。自此以后他在政界浮沉，我在学校尸位，道不同遂晤面少，遇于公开集会中一面，匆匆存问数语而已。

# 悼齐如山先生

## 精神矍铄谈笑风生

抗战期间，国立编译馆有一组人员从事平剧修订工作（后来由正中书局出版修订平剧选若干集），我那时适在北碚遂兼主其事，在剧本里时遇到许多不易解决的问题，搔首踟蹰，不知如何落笔。同人都是爱好戏剧的朋友，其中有票友，也有戏剧学校毕业的，但是没有真正科班出身的，因此对平剧的传统的规矩与艺术颇感认识不足，常常谈到齐如山先生，如果能有机会向他请益，该有多好。

胜利后我到北平，因陈纪滢、王向辰两位先生之介得以拜识齐老先生，谈起来才知道齐老先生和先严在同文馆是同班同学，不过一是德文班一是英文班。齐老先生精神矍铄，谈笑风生，除了演剧的事情之外，他的兴趣旁及于小说及一切民间艺术，民间生活习惯以及风俗沿革掌故均能谈来头头是道，如数家珍。以知齐老先生是一个真知道生活艺术的人，对于人生有一份极深挚的爱，这种秉赋是很不寻常的。

## 年逾七十健壮如常

齐先生收藏甚富，包括剧本、道具、乐器、图书、行头等等，抗日军兴，他为保护这一批文献颇费了一番苦心，装了几百只大木箱存在一个比较安全的地方，胜利之后才取了出来。这时节"中国国剧学会"恢复，先生的收藏便得到了一个展览的地方。我记得是在东城皇城根一所宫殿式的房子，原属于故宫，有三间大殿作为展览室，有一座亭子作为客厅。院里有汉白玉的平台和台阶，平台有十来块圆形的大石头，中间有个窟窿，据说是插灯笼用的，我看有一块妨碍行路，便想把它搬开，岂知分量甚重，我摇撼一下便不再尝试。齐老先生走过来就给搬开了，脸不红气不喘，使我甚为惭愧。还有一次在齐先生书斋里，齐先生表演"打飞脚"，一个转身，一声拍脚声，干净利落，我们不由得喝彩，那时在座的有老伶工尚和玉先生，不觉技痒，起身打个飞脚，按说这是他的当行出色的拿手，不料拖泥带水倚里歪斜的几乎跌倒，有人上前把他扶住。那时候齐先生已有七十多岁，而尚健康如此。

## 提倡国剧不遗余力

中国国剧学会以齐先生为理事长，陈纪滢、王向辰和我都是理事，此外还延请了若干老伶工参加，如王瑶卿、王凤卿、尚和玉、侯喜瑞、萧长华、郝寿臣等，徐兰沅也在内。因为这个关系，我得有机会追随齐老先生之后遍访诸位伶工，听他们谈起内廷供奉，以及当年的三庆四喜，梨园往事，真不禁令人发思古之幽情。由于我们的建议，后来在青年会开了一次国剧晚会，请老伶工十余位分别登台随意讲说他们的演剧的艺术，这些老人久已不与观众见面，故当时盛况空前。我们为国剧学会提出了许多工作计划，在齐先生领导之下，我们不时地研讨如何整理、研究、保藏、传授国剧的艺术。

我在一九四八年冬离平赴粤，随后接到齐老先生自基隆来信，附有纪游小诗二首，我知道他老先生已到台湾，深自为他庆幸，也奉和了两首歪诗。一九四九年我到台湾，因为事忙，很少机会趋候问安，但是经常看到他的写作，年事已高而笔墨不辍，真是惭愧后生，最近先生所著《国剧艺术汇考》出版，承赐一册，并在电话中嘱我批评，我不敢有负长辈厚意，写读后一文交《中国一周》，不数日而先生遽归道山！

## 钻研学问既专且精

先生对于国剧之贡献已无须多赘。我觉得先生治学为人最足令人心折之处有二：一是专精的研究精神，一是悠闲的艺术生活。

我们无论研究哪一门学问，只要持之以恒，日积月累即有可观，这点道理虽是简单，实行却很困难。齐先生之于国剧是使用了他的毕生的精力，看他从年轻的时候热心戏剧起一直到倒在剧院里，真是始终如一的生死以之。他搜求的资料是第一手的，是从来没经人系统地整理过的，此中艰辛真是不足为外人道，而求学之乐亦正在于此。齐先生的这种专精的精神，是可以做我们的楷模的。

## 享受生活随遇而安

齐先生心胸开朗，了无执著，所以他能享受生活，把生活当做艺术来享受，所以他风神潇洒，望之如闲云野鹤。他并不是穷奢极侈地去享受耳目声色之娱，他是随遇而安地欣赏社会人生之形形色色。他有闲情逸致去研讨"三百六十行"，他不吝与贩夫走卒为伍，他肯尝试各样各种的地方的小吃。有一次他请我们几个人吃"豆腐脑"，在北平崇文门外有一家专卖豆腐脑的店铺，我这北平土著都不知道有这等的一个地方，果然吃得很满意。他的儿媳黄瑗珊女士精于烹调，有一部分可能是由于齐先生的指点。齐先生生活丰富，至老也不寂寞。他有浓烈的守旧的乡土观念，同时有极开通的自由的想法，看看他的家庭，看看他的生活方式，我们不能不钦佩他的风度。

老成凋谢，哲人其萎，怀想风范，不禁欷歔！

# 记梁任公先生的一次演讲

　　梁任公先生晚年不谈政治，专心学术。大约在一九二一年左右，清华学校请他作第一次的演讲，题目是"中国韵文里表现的情感"。我很幸运地有机会听到这一篇动人的演讲。那时候的青年学子，对梁任公先生怀着无限的景仰，倒不是因为他是戊戌政变的主角，也不是因为他是云南起义的策划者，实在是因为他的学术文章对于青年确有启迪领导的作用。过去也有不少显宦，以及叱咤风云的人物，莅校讲话，但是他们没有能留下深刻的印象。

　　任公先生的这一篇讲演稿，后来收在饮冰室文集里。他的讲演是预先写好的，整整齐齐地写在宽大的宣纸制的稿纸上面，他的书法很是秀丽，用浓墨写在宣纸上，十分美观。但是读他这篇文章和听他这篇讲演，那趣味相差很多，犹之乎读剧本与看戏之迥乎不同。

　　我记得清清楚楚，在一个风和日丽的下午，高等科楼上大教堂里坐满了听众，随后走进了一位短小精悍秃头顶宽下巴的人物，穿着肥大的长袍，步履稳健，风神潇洒，左右顾盼，光芒四射，这就是梁任公先生。

　　他走上讲台，打开他的讲稿，眼光向下面一扫，然后是他的极简短的开场白，一共只有两句，头一句是："启超没有什么学问——"眼睛向上一翻，轻轻点一下头："可是也有一点喽！"这样谦逊同时又这样自负的话是很难得听到的。他的广东官话是很够标准的，距离国语甚远，但是他的声音沉着而有力，有时又是洪亮而激亢，所以我们还是能听懂他的每一字，我们甚至想如果他说标准国语其效果可能反要差一些。

我记得他开头讲一首古诗《箜篌引》：

公无渡河。
公竟渡河！
渡河而死，
其奈公何！

这四句十六字，经他一朗诵，再经他一解释，活画出一出悲剧，其中有起承转合，有情节，有背景，有人物，有情感。我在听先生这篇讲演后约二十余年，偶然获得机缘在茅津渡候船渡河。但见黄沙弥漫，黄流滚滚，景象苍茫，不禁哀从中来，顿时忆起先生讲的这首古诗。

先生博闻强记，在笔写的讲稿之外，随时引证许多作品，大部分他都能背诵得出。有时候，他背诵到酣畅处，忽然记不起下文，他便用手指敲打他的秃头，敲几下之后，记忆力便又畅通，成本大套地背诵下去了。他敲头的时候，我们屏息以待，他记起来的时候，我们也跟着他欢喜。

先生的讲演，到紧张处，便成为表演。他真是手之舞之足之蹈之，有时掩面，有时顿足，有时狂笑，有时叹息。听他讲到他最喜爱的《桃花扇》，讲到"高皇帝，在九天，不管……"那一段，他悲从中来，竟痛哭流涕而不能自已。他掏出手巾拭泪，听讲的人不知有几多也泪下沾巾了！又听他讲杜氏讲到"剑外忽传收蓟北，初闻涕泪满衣裳……"先生又真是于涕泗交流之中张口大笑了。

这一篇讲演分三次讲完，每次讲过，先生大汗淋漓，状极愉快。听过这讲演的人，除了当时所受的感动之外，不少人从此对于中国文学发生了强烈的爱好。先生尝自谓"笔锋常带情感"，其实先生在言谈讲演之中所带的情感不知要更强烈多少倍！

有学问、有文采、有热心肠的学者，求之当世能有几人？于是我想起了从前的一段经历，笔而记之。

# 我的一位国文老师

　　我在十八九岁的时候，遇见一位国文先生，他给我的印象最深，使我受益也最多，我至今不能忘记他。

　　先生姓徐，名镜澄，我们给他取的绰号是"徐老虎"，因为他凶。他的相貌很古怪，他的脑袋的轮廓是有棱有角的，很容易成为漫画的对象。头很尖，秃秃的，亮亮的，脸形却是方方的，扁扁的，有些像聊斋志异绘图中的夜叉的模样。他的鼻子眼睛嘴好像是过分地集中在脸上很小的一块区域里。他戴一副墨晶眼镜，银丝小镜框，这两块黑色便成了他脸上最显著的特征。我常给他漫画，勾一个轮廓，中间点上两块椭圆形的黑块，便惟妙惟肖。他的身材高大，但是两肩总是耸得高高，鼻尖有一些红，像酒糟的，鼻孔里常常地藏着两筒清水鼻涕，不时地吸溜着，说一两句话就要用力地吸溜一声，有板有眼有节奏，也有时忘了吸溜，走了板眼，上唇上便亮晶晶地吊出两根玉箸，他用手背一抹。他常穿的是一件灰布长袍，好像是在给谁穿孝，袍子在整洁的阶段时我没有赶得上看见，余生也晚，我看见那袍子的时候即已油渍斑斓。他经常是仰着头，迈着八字步，两眼望青天，嘴撇得瓢儿似的。我很难得看见他笑，如果笑起来，是狞笑，样子更凶。

我的学校很特殊的。上午的课全是用英语讲授，下午的课全是国语讲授。上午的课很严，三日一问，五日一考，不用功便要被淘汰，下午的课稀松，成绩与毕业无关。所以每到下午上国文之类的课程，学生们便不踊跃，课堂上常是稀稀拉拉的不大上座，但教员用拿毛笔的姿势举着铅笔点名的时候，学生却个个都到了，因为一个学生不只答一声到。真到了的学生，一部分从事午睡，微发鼾声，一部分看小说如官场现形记玉梨魂之类，一部分写"父母亲大人膝下"式的家书，一部分干脆瞪着大眼发呆，神游八表。有时候逗先生开玩笑。国文先生呢，大部分都是年高有德的，不是榜眼，就是探花，再不就是举人。他们授课也不过是奉行故事，乐得敷敷衍衍。在这种糟糕的情形之下，徐老先生之所以凶，老是绷着脸，老是开口就骂人，我想大概是由于正当防卫吧。

　　有一天，先生大概是多喝了两盅，摇摇摆摆地进了课堂。这一堂是作文，他老先生拿起粉笔在黑板上写了两个字，题目尚未写完，当然照例要吸溜一下鼻涕，就在这吸溜之际，一位性急的同学发问了："这题目怎样讲呀？"老先生转过身来，冷笑两声，勃然大怒："题目还没有写完，写完了当然还要讲，没写完你为什么就要问？……"滔滔不绝地吼叫起来，大家都为之愕然。这时候我可按捺不住了。我一向是个上午捣乱下午安分的学生，我觉得现在受了无理的侮辱，我便挺身分辩了几句。这一下我可惹了祸，老先生把他的怒火都泼在我的头上了。他在讲台上来回踱着，吸溜一下鼻涕，骂我一句，足足骂了我一个钟头，其中警句甚多，我至今还记得这样的一句：

"×××！你是什么东西？我一眼把你望到底！"

这一句颇为同学们所传诵。谁和我有点争论遇到纠缠不清的时候，都会引用这一句"你是什么东西？我把你一眼望到底！"当时我看形势不妙，也就没有再多说，让下课铃结束了先生的怒骂。

但是从这一次起，徐先生算是认识我了。酒醒之后，他给我批改作文特别详尽。批改之不足，还特别的当面加以解释，我这一个"一眼望到底"的学生，居然成为一个受益最多的学生了。

徐先生自己选辑教材，有古文，有白话，油印分发给大家。《林琴南致蔡孑民书》是他讲得最为眉飞色舞的一篇。此外如吴敬恒的《上下古今谈》，梁启超的《欧游心影录》，以及张东荪的时事新报社论，他也选了不少。这样新旧兼收的教材，在当时还是很难得的开通的榜样。我对于国文的兴趣因此而提高了不少。徐先生讲图文之前，先要介绍作者，而且介绍得很亲切，例如他讲张东荪的文字时，便说："张东荪这个人，我倒和他一桌吃过饭……"这样的话是相当的可以使学生们吃惊的，吃惊的是，我们的国文先生也许不是一个平凡的人吧，否则怎样会能够和张东荪一桌上吃过饭！

徐先生于介绍作者之后，朗诵全文一遍。这一遍朗诵可很有意思。他打着江北的官腔，咬牙切齿地大声读一遍，不论是古文或白话，一字不苟地吟咏一番，好像是演员在背台词，他把文字里的蕴藏着的意义好像都给宣泄出来了。他念得有腔有调，有板有眼，有情感，有气势，有抑扬顿挫，我们听了之后，好像是已经理会到原文的意义的一半了。好文章掷地做金石声，那也许是过分夸张，但必须可以琅琅上口，那却是真的。

　　徐先生之最独到的地方是改作文。普通的批语"清通"、"尚可"、"气盛言宜"，他是不用的。他最擅长的是用大墨杠子大勾大抹，一行一行地抹，整页整页地勾；洋洋千余言的文章，经他勾抹之后，所余无几了。我初次经此打击，很灰心，很觉得气短，我掏心挖肝地好容易诌出来的句子，轻轻地被他几杠子就给抹了。但是他郑重地给我解释一会儿，他说："你拿了去细细地体味，你的原文是软爬爬的，冗长，懈呎呎唧的，我给你勾掉了一大半，你再读读看，原来的意思并没有失，但是笔笔都立起来了，虎虎有生气了。"我仔细一揣摩，果然。他的大墨杠子打得是地方，把虚泡囊肿的地方全削去了，剩下的全是筋骨。在这删削之间见出他的功夫。如果我以后写文章还能不多说废话，还能有一点点硬朗挺拔之气，还知道一点"割爱"的道理，就不能不归功于我这位老师的教诲。

徐先生教我许多作文的技巧。他告诉我："作文忌用过多的虚字。"该转的地方，硬转；该接的地方，硬接。文章便显着朴拙而有力。他告诉我，文章的起笔最难，要突兀矫健，要开门见山，要一针见血，才能引人入胜，不必兜圈子，不必说套语。他又告诉我，说理说至难解难分处，来一个譬喻，则一切纠缠不清的论难都迎刃而解了，何等经济，何等手腕！诸如此类的心得，他传授我不少，我至今受用。

我离开先生已将近五十年了，未曾与先生一通音讯，不知他云游何处，听说他已早归道山了。同学们偶尔还谈起"徐老虎"，我于回忆他的音容之余，不禁的还怀着怅惘敬慕之意。

## 我在小学

　　我在六七岁的时候开始描红模子，念字号儿。所谓"红模子"就是红色的单张字帖，小孩子用毛笔蘸墨把红字涂黑即可。帖上的字不外是"上大人孔乙已化三千……""一去二三里烟村四五家……"以及"王子去求仙丹成上九天……"之类。描红模子很容易描成墨猪，要练得一笔下去就横平竖直才算得功夫。所谓"字号儿"就是小方纸片，我父亲在每张纸片上写一个字，每天要我认几个字，逐日复习。后来书局印售成盒"看图识字"，一面是字，一面是画，就更有趣了，我们弟兄姊妹一大群，围坐在一张炕上的矮桌周边写字认字，有说有笑。有一次我一拱腿，把炕桌翻到地上去。母亲经常坐在炕沿上，一面做活计，一面看着我们，身边少不了一把炕苕帚，那苕帚若是倒握着在小小的脑袋上敲一记是很痛的。在那时体罚是最简截了当的教学法。

　　不久，我们住的内政部街西口内路北开了一个学堂，离我家只有四五个门。校门横楣有砖刻的五个福字，故称之为五福门。后院有一棵合欢树，俗称马缨花，落花满地，孩子们抢着拾起来玩，每天早晨谁先到校谁就可以捡到最好的花，我有早起的习惯，所以我总是拾得最多。有一天我一觉醒来，窗棂上有一格已经有了阳光，急得直哭，母亲匆匆给我梳小辫，打发我上学，不大工夫我就回转了，学堂尚未开门。在这学堂我学得了什么已不记得，只记得开学那一天，学生们都穿戴一色的缨帽呢靴站在院里，只见穿戴整齐的翎顶袍褂的提调学监们摇摇摆摆地走到前面，对着至圣先师孔子的牌位领导全体行三跪九叩礼。

在这个学堂里浑浑噩噩地过了一阵。不知怎么，这学校关门大吉。于是家里请了一位教师，贾文斌先生，字宪章，密云县人，口音有一点怯，是一名拔贡。我的二姐、大哥和我三个人在西院书房受教于这位老师。所用课本已经是新编的国文教科书，从"人、手、足、刀、尺"起，到"一人二手，开门见山"，以至于"司马光幼时……"。三字经百家姓千字文这一段就没有经历过。贾老师的教学法是传统的"念背打"三部曲，但是第三部"打"从未实行过。不过有一次我们惹得他生了大气，那是我背书时背不出来，二姐偷偷举起书本给我看，老师本来是背对着我们的，陡然回头撞见，气得满面通红，但是没有动用桌上放着的精工雕刻的一把戒尺。还有一次也是二姐惹出来的，书房有一座大钟，每天下午钟鸣四下就放学，我们时常暗自把时针向前拨快十来分钟。老师渐渐觉得座钟不大可靠，便利用太阳光照在窗纸上的阴影用朱笔画一道线，阴影没移到线上是不放学的。日久季节变幻阴影的位置也跟着移动，朱笔线也就一条条地加多。二姐想到了一个方法，趁老师不在屋里替他加上一条线，果然我们提早放学了，试行几次之后又被老师发现，我们都受了一顿训斥。

辛亥革命前二年，我和大哥进了大鹁鸽市的陶氏学堂。陶是陶端方，在当时是满清政府里的一位比较有知识的人，对于金石颇有研究，而且收藏甚富，历任要职，声势煊赫，还知道开办洋学堂，很难为他了。学堂之设主要的是为教育他的家族子弟，因为他家人口众多，不过也附带着招收外面的学生，收费甚昂，故有贵族学堂之称。父亲要我们受新式教育，所以不惜学费负担投入当时公认最好的学校，事实上却大失所望。所谓新式的洋学堂，只是徒有其表。我在这学堂读了一年可以说什么也没有学到，除非是让我认识了一些丑恶腐败的现象。

陶氏学堂是私立贵族学堂，陶氏子弟自成特殊阶级原无足异。但是有些现象却是令人难以置信的。陶氏子弟上课时随身携带老妈子，听讲之间可以唤老妈子外出买来一壶酸梅汤送到桌下慢慢饮用。听先生讲书，随时可以写个纸条，搓成一个纸团，丢到老师讲台上去，代替口头发问，老师不以为忤。陶氏子弟个个恣肆骄纵，横冲直撞，记得其中有一位名陶杕者，尤其飞扬跋扈。他们在课堂内外，成群地呼啸出入，动辄动手打人，大家为之侧目。

国文老师是一位南方人，已不记得他的姓名，教我们读诗经。他根据他的祖传秘方，教我们读，教我们背诵，就是不讲解，当然即使讲解也不是儿童所能领略。他领头扯着嗓子喊"击鼓其镗"，我们全班跟着喊"击鼓其镗"，然后我们一句句地循声朗诵"踊跃用兵，土国城漕，我独南行"。他老先生喉咙哑了，便唤一位班长之类的学生代他吼叫。一首诗朗诵过几十遍，深深地记入在我们的脑子里，迄今有些首诗我能记得清清楚楚。脑子里记若干首诗当然是好事，但是付了多大的代价！一部分童时宝贵的光阴是这样耗去的!

有趣的是体操一课。所谓体操，就是兵操。夏季制服是白帆布制的，草帽，白线袜，黑皂鞋。裤腿旁边各有一条红带，衣服上有黄铜纽扣。辫子则需盘起来扣在草帽底下。我的父母瞒着祖父母给我们做了制服，因为祖父母的见解是属于更老一代的，他们无法理解在家里没有丧事的时候孩子们可以穿白衣白裤。因此我们受到严重的警告，穿好操衣之后要罩上一件竹布大褂，白色裤脚管要高高地卷起来，才可以从屋里走到院里，下学回家时依然要偷偷摸摸溜到屋里赶快换装。在民元以前我平时没有穿过白布衣裤。

武昌起义，鼙鼓之声动地而来，随后端方遇害，陶氏学堂当然立即瓦解，陶氏子弟之在课堂内喝酸梅汤的那几位以后也不知下落如何了。这时节，祖父母相继逝世，父亲做了一件大事，全家剪小辫子。在剪辫子那一天，父亲对我们讲了一大套话，平素看的《大义觉迷录》、《扬州十日记》供给他不少愤慨的资料，我们对于这污脏麻烦的辫子本来就十分厌恶，巴不得把它齐根剪去，但是在发动并州快剪之际，我们的二舅爹爹还忍不住泫然流涕。民国成立，薄海腾欢，第一任正式大总统项城袁世凯先生不愿到南京去就职，嗾使第三镇曹锟驻禄米仓部队于阴历正月十二日夜晚兵变，大烧大抢，平津人民遭殃者不计其数。我亦躬逢其盛。兵变过后很久，家里情形逐渐稳定，我才有机会进入公立第三小学。

公立第三小学在东城根新鲜胡同，是当时办得比较良好的学校，离我家又近，所以父亲决定要我和大哥投入该校。校长赫杏村先生，旗人，精明强干，声若洪钟。我和大哥都编入高小一年级，主任教师是周士棻先生，号香如，山西人，年纪不大，约三十几岁，但是蓄了小胡子，道貌岸然。周先生是我真正的启蒙业师。他教我们国文、历史、地理、习字。他的教学方法非常认真负责。在史地方面于课本之外另编补充教材，每次上课之前密密匝匝地写满了两块大黑板，要我们抄写，月终呈缴核阅。例如历史一科，鸿门之宴、垓下之围、淝水之战、安史之乱、黄袍加身、明末三案，诸如此类的史料都有比较详细的补充。材料很平常，可是他肯费心讲授，而且不占用上课时间去写黑板。对于习字一项，他特别注意。他用黑板槽里积存的粉笔屑，和水作泥，用笔蘸着写字在黑板上作为示范，灰泥干了之后显得特别的黑白分明，而且粗细停匀，笔意毕现，周老师的字属于柳公权一派，瘦劲方正。他要我们写得横平竖直，规规矩矩。同时他也没有忽略行草的书法，我们每人都备有一本草书千字文拓本，与楷书对照。我从此学得初步的草书写法，其中一部分终身未曾忘。大字之外还要写"白折子"，折子里面夹上一张乌丝格，作为练习小楷之用。他知道我们小学毕业之后能升学的不多，所以在此三年之内基础必须打好，而习字是基本技能之一。

周老师也还负起训育的责任，那时候训育叫做修身。我记得他特别注意生活上的小节，例如纽扣是否扣好，头发是否梳齐，以及说话的腔调，走路的姿势，无一不加指点。他要求于我们的很多，谁的笔记本子折角卷角就要受申斥。我的课业本子永远不敢不保持整洁。老师本人即是一个榜样。他布衣布履，纤尘不染，走起路来目不斜视，迈大步昂首前进，几乎两步一丈。讲起话来和颜悦色，但是永无戏言。在我们心目中他几乎是一个完人。我父亲很敬重周老师的为人，在我们毕业之后特别请他到家里为我的弟弟妹妹补课多年，后来还请他租用我们的邻院作为我们的邻居。我的弟弟妹妹都受业于周老师，至少我们写的字都像是周老师的笔法。

小学有英文一课，事实上我未进小学之前就已开始从父亲学习英文了。我父亲是同文馆第一期学生，所以懂些英文，庚子年乱起辍学的。小学的英文老师是王德先生，字仰臣。我们用的课本是《华英初阶》，教授的方法是由拼音开始，ba、be、bi、bo、bu，然后就是死背字句，记得第三课就有一句 Is he of us？"彼乃我辈中人否？"这一句我背得滚瓜烂熟。老师一提 Is he of us？我马上就回答出"彼乃我辈中人否？"老师大为惊异，其实我在家里早已学过了。这样教学的方法使初学英文的人费时很多，但未养成初步的语言习惯，实在是精力的浪费。后来老师换了一位程洵先生，是一位日本留学生，有时穿着半身西装，英语发音也比较流利正确一些。我因为预先学过一些英文，所以在班上特感轻松，老师也特别嘉勉。临毕业时程老师送我一本原版的马考莱《英国史》，这本书当时还不能看懂，后来却也变成对我有用的一本参考书。

体操老师锡福先生，字辅臣，旗人。他有一副苍老而沙哑的喉咙，喊起立正、稍息、枪上肩、枪放下的时候很是威风。排起队来我是末尾，排头的一位有我两个高。老师特别喜欢我们这一班，因为我们平常把枪擦得亮，服装整齐一些，而且开正步的时候特别用力踏地作响，给老师作面子。学校在新鲜胡同东口路南，操场在西口路北，我们排队到操场去的时候精神抖擞，有时遇到操场上还有别班同学上操未散，我们便更着力操演，逼得其他各班只有木然呆立瞠目赞叹的份儿。半小时操后，时常是踢足球，操场不画线，竖起竹竿便是球门，一半人臂缠红布，笛声一响便踢起球来，高头大马横冲直撞，像我这样的只能退避三舍以免受伤。结果是鸣笛收队皆大欢喜。

我的算术，像"鸡兔同笼"一类的题目我认为是专门用来折磨孩子的，因为当时想鸡兔是不会同笼的，即使同笼亦无须又数头又数脚，一眼看上去就会知道是几只鸡几只兔。现在我当然明白，是我自己笨，怨不得谁。手工课也不容易应付，不是抟泥，就是削竹，最可怕的是编纸，用修脚刀把彩色纸划出线条，然后再用别种彩色纸条编织上去，真需要鬼斧神工，在这方面常常由我的大姐帮忙，教手工的老师患严重口吃，结结巴巴的惹人笑。教理化的李秉衡老师，保定府人，曾经表演氢二氧一变成水，水没有变出来，玻璃瓶炸得粉碎，但是有一次却变成功了。有一次表演冷缩热胀，一只烧得滚烫的钢珠，被一位多事的同学伸手抓了起来，烫得满手掌溜浆大泡。教唱歌的是一位时老师，他没有歌喉，但是会按风琴，他教我们唱的"春之花"我至今不能忘。

有一次远足是三年中一件大事。事先筹划了很久，决定目的地为东直门外的自来水厂。这一天特别起了个大早，晨曦未上就赶到了学校，大家啜柳叶汤果腹，柳叶汤就是细长菱形薄面片加菜煮成的一种平民食品，但这是学校里难得一遇的旷典，免费供应，大家都很高兴，有人连罄数碗。不知是谁出的主意，向步军统领衙门借了六位喇叭手，改着我们学校的制服，排在我们队伍前面开道，六只亮晶晶的喇叭上挂着红绸彩，滴滴答答地吹起来，招摇过市，好不威风！由新鲜胡同走到东直门外，约有四五里之遥，往返将近十里。自来水厂没有什么可看的，虽然那庞大的水池水塔以前都没有见过。这是我第一次徒步走出北京城墙，有久困出柙之感。午间归来，两腿清酸。下次作文的题目是《远足记》，文章交卷此一盛举才算是功德圆满。

我们一班二十几人，如今音容笑貌尚存脑海者不及半数，姓名未忘者更是寥寥可数了。年龄最大身体最高的是一位名叫连祥的同学，约在二十开外，浓眉大眼，膀大腰圆，吹喇叭踢足球都是好手，脑袋后面留着一根三寸多长的小辫，用红绳扎紧，挺然翘然地立在后脑勺子上，像是一根小红萝卜。听说他以后当步兵去了。一位功课好而态度又最安详的是常禧，后来冠姓栾，他是我们的班长，周老师很器重他，后来听周老师说他在江西某处任商务印书馆分馆经理。还有岳廉识君，后来进了交通部。我们同学绝大部分都是贫寒子弟，毕业之后各自东西，以我所知道的有人投军，有人担筐卖杏，能升学的极少。我们在校的时候都相处得很好，有两种风气使我感到困惑。一个是喜欢打斗，动辄挥拳使绊，闹得桌翻椅倒。有一位同学长相不讨人喜欢，满脸疙瘩噜苏，绰号"小炸丸子"，他经常是几个好闹事的同学们欺弄的对象，有多少次被抬到讲台桌上，手脚被人按住，有人扯下他的裤子，大家轮流在他的裤裆里吐一口痰！还有一位同学名叫马玉岐，因为宗教的关系饮食习惯与别人不同，几个不讲理的同学便使用武力强迫他吃下他们不吃的东西，经常要酿出事端。在这样尚武的环境之中我小心翼翼，有时还不能免于受人欺凌。自卫的能力之养成，无论是斗智还是斗力，都需要实际体验，我相信我们的小学是很好的训练场所。另一件使我困惑的事是大家之口出秽言的习惯。有些人各自秉承家教，不只是"三字经"常挂在嘴边，高谈阔论起来其内容往往涉及"素女经"，而且有几位特别大胆的还不惜把他在家中所见所闻的实例不厌其详地描写出来。讲的人眉飞色舞，听的人津津有味。学校好几百人共用一个厕所，其环境之脏可想，但是有些同学们如厕之后其嘴巴比那环境还脏。所以我视如厕为畏途。性教育在一群孩子们中间自由传播，这种情形当时在公立小学尤甚，我是深深拜受其赐了。

我在第三小学读了三年，每天早晨和我哥哥步行到校，无间风雪。天气不好的时候要穿家中自制的带钉的油鞋，手中举着雨伞，途中经常要遇到一只恶犬，多少要受到骚扰，最好的时候是适值它在安睡，我们就悄悄地溜过去了，那时我不明白为什么有人要养狗并且纵容它与人为难。内政部门口站岗和巡捕半醒半睡地挎着上刺刀的步枪靠在墙垛上，时常对我们颔首微笑，我们觉得受宠若惊，久之也搭讪着说两句话。出内政部街东口往北转，进入南小街子，无分晴雨永远有泥泞车辙，其深常在尺许。街边有羊肉床子，时常遇到宰羊，我们就驻足而视，看着绵羊一声不响在引颈就戮。羊肉包子的味道热腾腾地四溢。卖螺丝转儿油炸鬼的，卖甜浆粥的，卖烤白薯的，卖糖耳朵的，一路上左右皆是。再向东一转就进入新鲜胡同了，一眼可以望得见城墙根，常常看见有人提笼架鸟从那边溜达着走过来。这一段路给我的印象很深，二十多年后我再经过这条街则已变为坦平大道面目全非，但是我还是怀念那久已不复存在的湫隘的陋巷。我是在这些陋巷中生长大的，这是我的故乡。

民国四年我毕业的时候，主管教育的京师学务局（局长为德彦）令饬举行会考，把所有各小学应届毕业的学生三数百人聚集在我们第三小学，考国文习字图画数科，名之曰观摩会，事关学校荣誉，大家都兴奋。国文试题记得是"诸生试各言尔志"，事有凑巧这个题目我们以前作过，而且以前作的时候，好多同学都是说将来要"效命疆场，马革裹尸"。我其实并无意步武马援，但是我也撷拾了这两句豪语。事后听主考的人说：第三小学的一班学生有一半要"马革裹尸"，是佳话还是笑谈也就很难分辨了。我在打草稿的时候，一时兴起，使出了周老师所传授的草书千字文的笔法，写得虽然说不上龙飞蛇舞，却也自觉得应手得心，正赶上局长大人亲自监考经过我的桌旁，看见我写得好大个的草书，留下了特别的印象。图画考的是自由画，我们一班最近画过一张松鹤图，记忆犹新，大家不约而同都依样葫芦，斜着一根松枝，上面立着一只振翅欲飞的仙鹤，章法不错。我本来喜欢图画，父亲给我的芥子园画谱也发生了作用，我所画的松鹤图总算是尽力为之了。榜发之后，我和哥哥以及栾常禧君都高居榜首，荣誉属于第三小学。我得到的奖品最多，是一张褒奖状，一部成亲王的巾箱帖，一个墨盒，一副笔架以及笔墨之类。

"小时了了，大未必佳"，如今想想这话颇有道理。

# 回首旧游

——纪念徐志摩逝世五十周年

志摩于民国二十年十一月十九日搭乘中国航空公司济南号飞机由南京北上赴平，飞机是一架马力三百五十匹的小飞机，装载邮件四十余磅，乘客仅志摩一人，飞到离济南五十里的党家庄附近，忽遇漫天大雾，触开山山头，滚落山脚之下起火，志摩因而遇难。到今天恰好是五十周年。

志摩家在上海，教书在北京大学，原是胡适之先生的好意安排，要他离开那不愉快的上海的环境，恰巧保君健先生送他一张免费的机票，于是仆仆于平沪之间，而志摩苦矣。死事之惨，文艺界损失之大，使我至今感到无比的震撼。五十年如弹指间，志摩的声音笑貌依然如在目前，然而只是心头的一个影子，其人不可复见。他享年仅三十六岁。天实为之，谓之何哉！

志摩遗骸葬于其故乡硖石东山万石窝。硖石是沪杭线上的一个繁庶的小城，我没有去凭吊过。陈从周先生编徐志摩年谱，附志摩的坟墓照片一帧，坟前有石碑，碑文曰："中华民国三十五年仲冬诗人徐志摩之墓张宗祥题。"显然是志摩故后十余年所建。张宗祥是志摩同乡，字声闻，曾任浙省教育厅长。几个字写得不俗。丧乱以来，于浩劫之中墓地是否成为长林丰草，或是一片瓦砾，我就不得而知了。

志摩的作品有一部分在台湾有人翻印，割裂缺漏之处甚多，应该有人慎重地为他编印全集。一九五九年我曾和胡适之先生言及，应该由他主持编辑，因为他和志摩交情最深。适之先生因故推托。一九六七年张幼仪女士来，我和蒋复璁先生遂重提此事，蒋先生是志摩表弟，对于此事十分热心，幼仪女士也愿意从旁协助，函告其子徐积锴先生在美国搜集资料。一九六八年全集资料大致齐全。传记文学社刘绍唐先生毅然以刊印全集为己任，并聘历史学者陶英惠先生负校勘之责，而我亦乘机审阅全稿一遍。一九六九年全集出版，一九八〇年再版。总算对于老友尽了一点心力，私心窃慰。梁锡华先生时在英伦，搜求志摩的资料，巨细靡遗，于拙编全集之外复得资料不少，吉光片羽，弥足珍贵，成一巨帙《徐志摩诗文补遗》（时报文化公司出版），又著有《徐志摩新传》一书（联经出版），对于徐志摩的研究厥功甚伟，当代研究徐志摩者当推梁锡华先生为巨擘，亦志摩逝世后五十年来第一新得知己也。

研究徐志摩者，于其诗文著作之外往往艳谈其离婚结婚之事。其中不免捕风捉影传闻失实之处。我以为婚姻乃个人私事，不宜过分渲染以为谈助。这倒不是完全"为贤者讳"的意思，而是事未易明理未易察，男女之间的关系谲秘复杂，非局外人所易晓。刘心皇先生写过一本书《徐志摩与陆小曼》，态度很严正，资料也很翔实，但是我仍在该书的短序之中提出一点粗浅的意见：

徐志摩值得令我们怀念的应该是他的那一堆作品，而不是他的婚姻变故或风流韵事。……徐志摩的婚姻前前后后颇多曲折，其中有些情节一般人固然毫无所知，他的较近的亲友们即有所闻亦讳莫如深，不欲多所透露。这也是合于我们中国人"隐恶扬善"和不揭发隐私的道德观念的。

所以凡是有关别人的婚姻纠纷，局外人最好是不要遽下论断，因为参考资料不足之故。而徐志摩的婚变，性质甚不平常，我们尤宜采取悬疑的态度。

志摩的谈吐风度，在侪辈中可以说是鹤立鸡群。师长辈如梁启超先生、林长民先生把他当做朋友，忘年之交。和他同辈的如胡适之先生、陈通伯先生更是相交莫逆。比他晚一辈的很多人受他的奖掖，乐与之游。什么人都可做他的朋友，没有人不喜欢他。他办报纸副刊，办月刊，特立独行，缁而不涅，偶然受到明枪暗箭的侵袭，他也抱定犯而不较的态度，从未陷入混战的旋涡，只此一端即属难能可贵。尖酸刻薄的人亦奈何他不得。我曾和他下过围棋，落子飞快，但是隐隐然颇有章法，下了三五十着我感觉到他的压力，他立即推枰而起，拱手一笑，略不计较胜负。他就是这样的一个潇洒的人。他饮酒，滔量不洪，适可而止；他豁拳，出手敏捷，而不咄咄逼人。他偶尔也打麻将，出牌不假思索，挥洒自如，谈笑自若。他喜欢戏谑，从不出口伤人。他饮宴应酬，从不冷落任谁一个。他也偶涉花丛，但是心中无妓。他也进过轮盘赌局，但是从不长久坐定下注。志摩长我六岁，同游之日浅，相交不算深，以我所知，像他这样的一个，当世无双。

今天是他五十周年忌日，回首旧游，不胜感慨。谨缀数言，聊当斗酒只鸡之献。

## "疲马恋旧秣，羁禽思故栖"

　　"疲马恋旧秣，羁禽思故栖"是孟郊的句子，人与疲马羁禽无异，高飞远走，疲于津梁，不免怀念自己的旧家园。

　　我的老家在北平，是距今一百几十年前由我祖父所置的一所房子。坐落在东城相当热闹的地区，出胡同东口往北是东四牌楼，出胡同西口是南小街子。东四牌楼是四条大街的交叉口，所以商店林立，市容要比西城的西四牌楼繁盛得多。牌楼根儿底下靠右边有一家干果子铺，是我家投资开设的，领东的掌柜的姓任，山西人，父亲常在晚间带着我们几个孩子溜达着到那里小憩，掌柜的经常飨我们以汽水，用玻璃球做塞子的那种小瓶汽水，仰着脖子对着瓶口汩汩而饮之，还有从蜜饯缸里抓出来的蜜饯桃脯的一条条的皮子，当时我认为那是一大享受。南小街子可是又脏又臭又泥泞的一条路，我小时候每天必须走一段南小街去上学，时常在羊肉床子看宰羊，在切面铺买"乾蹦儿"或糖火烧吃。胡同东口外斜对面就是灯市口，是较宽敞的一条街，在那里有当时唯一可以买到英文教科书《汉英初阶》及墨水钢笔的汉英图书馆，以后又添了一家郭纪云，路南还有一家小有名气的专卖卤虾、小菜、臭豆腐的店。往南走约十五分钟进金鱼胡同便是东安市场了。

　　我的家是一所不大不小的房子。地基比街道高得多，门前有四层石台阶，情形很突出，人称"高台阶"。原来门前还有左右分列的上马石凳,因妨碍交通而拆除了。门不大,黑漆红心,浮刻黑字"忠厚传家久,诗书继世长",门框旁边木牌刻着"积善堂梁"四个字,那时人家常有堂号,例如三槐堂卫、百忍堂张等等,积善堂梁出自何典我不知道。积善之家必有余庆,语见易经,总是勉人为善的好话,作为我们的堂号亦颇不恶。打开大门,里面是一间门洞,左右分列两条懒凳,从前大门在白昼是永远敞着的,谁都可以进来歇歇腿。一九一一年兵变之后才把大门关上。进了大门迎面是两块金砖镂刻的"戬谷"两个大字,戬谷一语出自诗经"俾尔戬谷"。戬是福,谷是禄,取其吉祥之义。前面放着一大缸水葱(正名为莞,音冠),除了水冷成冰的时候总是绿油油的,长得非常旺盛。

向左转进四扇屏门,是前院。坐北朝南三间正房,中间一间辟为过厅,左右两间一为书房一为佛堂。辛亥革命前两年,我的祖父去世,佛堂取消,因为我父亲一向不喜求神拜佛,这间房子成了我的卧室,那间书房属于我的父亲,他镇日价在里面摩挲他的那些有关金石小学的书籍。前院的南边是临街的一排房,作为用人的居室。前院的西边又是四扇屏门,里面是西跨院,两间北房由塾师居住,两间南房堆置书籍,后来改成了我的书房。小跨院种了四棵紫丁香,高逾墙外,春暖花开时满院芬芳。

走进过厅,出去又是一个院子,迎面是一个垂花门,门旁有四大盆石榴树,花开似火,结实大而且多,院里又有几棵梨树,后来砍伐改种四棵西府海棠。院子东头是厨房,绕过去一个月亮门通往东院,有一棵高庄柿子树,一棵黑枣树,年年收获累累,此外还有紫荆、榆叶梅等等。我记得这个东院主要用途是摇煤球，年年秋后就要张罗摇煤球，要敷一冬天的使用。煤黑子把煤渣与黄土和在一起，加水，和成稀泥，平铺在地面，用铲子剁成小方粒，放在大簸箩里像滚元宵似的滚成圆球，然后摊在地上晒，这份手艺真不简单，我儿时常在一旁参观十分欣赏。如遇天雨，还要急速动员抢救，否则化为一汪黑水全被冲走了。在那厨房里我是不受欢迎的，厨师嫌我们碍手碍脚，拉面的时候总是塞给我一团面叫我走得远远的，我就玩那一团面，直玩到那团面像是一颗煤球为止。

进了垂花门便是内院，院当中是一个大鱼缸，一度养着金鱼，缸中还矗立着一座小型假山，山上有桥梁房舍之类，后来不知怎么水也涸了，假山也不见了，干脆作为堆置煤灰煤渣之处，一个鱼缸也有它的沧桑！东西厢房到夏天晒得厉害，虽有前廊也无济于事，幸有宽幅一丈以上的帐篷三块每天及时支起，略可遮抗骄阳。祖父逝后，内院建筑了固定的铅铁棚，棚中心设置了两扇活动的天窗，至是"天棚鱼缸石榴树……"乃粗具规模。民元之际，家里的环境突然维新，一日之内小辫子剪掉了好几根，而且装上了庞然巨物钉在墙上的"德律风"，号码是六八六。照明的工具原来都是油灯、猪蜡，只有我父亲看书时才能点白光熠熠的僧帽牌的洋蜡，煤油灯认为危险，一向抵制不用，至是里里外外装上了电灯，大放光明。还有两架电扇，西门子制造的，经常不准孩子们走近五尺距离以内，生怕削断了我们的手指。

内院上房三间，左右各有套间两间。祖父在的时候，他坐在炕上，隔着玻璃窗子外望，我们在院里跑都不敢跑。有一次我们几个孩子听见胡同里有"打糖锣儿的"的声音，一时忘形，蜂拥而出，祖父大吼："跑什么？留神门牙！"打糖锣儿的乃是卖糖果的小贩，除了糖果之外兼卖廉价玩具、泥捏的小人、蜡烛台、小风筝、摔炮，花样很多，我母亲一律称之为"土筐货"。我们买了一些东西回来，祖父还坐在那里，唤我们进去。上房是我们非经呼唤不能进去的，而且是一经呼唤便非进去不可的，我们战战兢兢地鱼贯而入，他指着我问："你手里拿着什么？"我说："糖。""什么糖？"我递出了手指粗细的两根，一支黑的，一支白的。我解释说："这黑的，我们取名为狗屎橛；这白的为猫屎橛。"实则那黑的是杏干做的，白的是柿霜糖，祖父笑着接过去，一支咬一口尝尝，连说："不错，不错。"他要我们下次买的时候也给他买两支。我们奉了圣旨，下次听到糖锣儿一响，一涌而出，站在院子里大叫："爷爷，您吃猫屎橛，还是吃狗屎橛？"爷爷会立即答腔："我吃猫屎橛！"这是我所记得的与祖父建立密切关系的开始。

父母带着我们孩子住西厢房，我同胞一共十一个，我记事的时候已经有四个，姊妹兄弟四个孩子睡一个大炕，好热闹，尤其是到了冬天，白天玩不够，夜晚钻进被窝齐头睡在炕上还是吱吱喳喳笑语不休，母亲走过来巡视，把每个孩子脖梗子后面的棉被塞紧，使不透风，我感觉异常的舒适温暖，便怡然入睡了。我活到如今，夜晚睡时脖梗子后面透凉气，便想到母亲当年那一份爱抚的可贵。母亲打发我们睡后还有她的工作，她需要去伺候公婆的茶水点心，直到午夜；她要黎明即起，张罗我们梳洗，她很少睡觉的时间，可是等到"多年的媳妇熬成婆"，这情形又周而复始，于是女性惨矣！

大家庭的膳食是有严格规律的，祖父母吃小锅饭，父母和孩子吃普通饭，男女仆人吃大锅饭，只有吃煮饽饽、热汤面是例外。我们北方人，饭桌上没有鱼虾，烩虾仁、溜鱼片是馆子里的菜，只有春夏之交黄鱼、大头鱼相继进入旺季，全家才能大快朵颐，每人可以分到一整尾。秋风起，要吃一两回铛爆羊肉，牛肉是永远不进家门的。院子里升起一大红泥火炉的熊熊炭火，有时也用柴，噼噼啪啪地响，铛上肉香四溢，颇为别致。秋高蟹肥，当然也少不了几回持螯把酒。平时吃的饭是标准的家常饭，到了特别的吉庆之日，看祖父母的高兴，说不定就有整只烤猪或是烧鸭之类的犒劳。祖父母的小锅饭也没有什么了不起，也不过是爆羊肉、烧茄子、焖扁豆之类，不过是细切细做而已。我记得祖父母进膳时，有时看到我们在院里拍皮球，便喊我们进去，教我们张开嘴巴，用筷子夹起半肥半瘦的羊肉片往嘴里塞，我们实在不欣赏肥肉，闭着嘴跑到外面就吐出来。祖父有时候吃得高兴，便叫"跑上房的"小厮把厨子唤来，隔着窗子对他说："你今天的爆羊肉做得好，赏钱两吊！"厨子在院中慌忙屈腿请安，连声谢谢，我觉得很好笑。我祖母天天要吃燕窝，夜晚由老张妈戴上老花眼镜坐在门旮旯儿里弓着腰驼着背摘燕窝上的细茸毛，好可怜，一清早放在一个薄铫儿里在小炉子上煨。官燕木盒子是我们的，黑漆金饰，很好玩。

我母亲从来不下厨房，可是经我父亲特烦，并且亲自买回鱼鲜笋蕈之类，母亲亲操刀砧，做出来的菜硬是不同。我十四岁进了清华学校，每星期只准回家一次，除去途中往返，在家只有一顿午饭从容的时间，母亲怜爱我，总是亲自给我特备一道菜，她知道我爱吃什么，时常是一大盘肉丝韭黄加冬笋木耳丝，临起锅加一大勺花雕酒——菜的香，母的爱，现在回忆起来不禁涎欲滴而泪欲垂！

我生在西厢房，长在西厢房，回忆儿时生活大半在西厢房的那个大炕上。炕上有个被窝垛，由被褥堆垛起来的，十床八床被褥可以堆得很高，我们爬上爬下以为戏，直到把被窝垛压到连人带被一齐滚落下来然后已。炕上有个炕桌，那是我们启蒙时写读的所在。我同哥姐四个人，盘腿落脚地坐在炕上，或是把腿伸到桌底下，夜晚靠一盏油灯，三根灯草，描红模子，写大字，或是朗诵"一老人，入市中，买鱼两尾，步行回家"。我会满怀疑虑地问父亲："为什么他买鱼两尾就不许他回家？"惹得一家大笑。有一回我们围着炕桌夜读，我两腿清酸，一时忘形把膝头一拱，哗剌剌一声炕桌滑落地上，油灯墨盒泼洒得一塌糊涂。母亲有时督促我们用功，不准我们淘气，手里握着笤帚疙瘩或是掸子把儿，做威吓状，可是从来没有实行过体罚。这西厢房就是我的窝，夙兴夜寐，没有一个地方比这个窝更为舒适。虽然前面有廊檐而后面无窗，上支下摘的旧式房屋就是这样的通风欠佳。我从小就是喜欢早起早睡。祖父生日有时叫一台"托偶戏"在院中上演，有时候是滦州影戏，唱的无非是什么盘丝洞、走鼓沾棉、三娘教子、武家坡之类，大锣大鼓，尖声细嗓，我吃不消，我依然是按时回房睡觉，大家目我为落落寡合的怪物。

可是影戏里有一个角色我至今不忘，那就是每出戏完毕之后上来叩谢赏钱的那个小丑，满身袍褂靴帽而脑后翘着一根小辫，跪下来磕三个响头，有人用惊堂木配合着用力敲三下，砰砰砰，清脆可听。我所以对这个角色发生兴趣，是因为他滑稽，同时代表那种只为贪图一吊两吊的小利就不惜卑躬屈节向人磕头的奴才相。这种奴才相在人间世里到处皆是。

小时过年固然热闹，快意之事也不太多。除夕满院子撒上芝麻秸，踩上去喀吱喀吱响，一乐也；宫灯、纱灯、牛角灯全部出笼，而孩子们也奉准每人提一只纸糊的"气死风"，二乐也；大开赌戒，可以掷状元红，呼卢喝雉，难得放肆，三乐也。但是在另一方面，年菜年年如是，大量制造，等于是天天吃剩菜，几顿煮馎馎吃得人倒尽胃口。杂拌儿么，不管粗细，都少不了尘埃细沙杂拌其间，吃到嘴里牙碜。撤供下来的蜜供也是罩上了薄薄一层香灰。压岁钱则一律塞进"扑满"，永远没满过，也永远没扑过，后来不知到哪里去了。天寒地冻，无处可玩，街上店铺家家闭户，里面不成腔调的锣鼓点儿此起彼落。厂甸儿能挤死人，为了"喝豆汁儿，就咸菜儿，琉璃喇叭大沙雁儿"，真犯不着。过年最使人窝心的事莫过于挨门去给长辈拜年，其中颇有些位只是年齿比我长些，最可恼的是有时候主人并不挡驾而叫你进入厅堂朝上磕头，从门帘后面蓦地钻出一个不三不四的老妈妈，"哟，瞧这家的哥儿长得可出息啦！"辛亥革命以后我们家里不再有这些繁文缛节。

还有一个后院，四四方方的，相当宽绰。正中央有一棵两人合抱的大榆树。后边有榆（余）取其吉利。凡事要留有余，不可尽，是我们民族特性之一。这棵榆树不但高大而且枝干繁茂，其圆如盖，遮满了整个院子。但是不可以坐在下面乘凉，因为上面有无数的红毛绿毛的毛虫，不时地落下来，咕咕嚷嚷的惹人嫌。榆树下面有一个葡萄架，近根处埋一两只死猫，年年葡萄丰收，长长的马乳葡萄。此外靠边还有香椿一、花椒一、嘎嘎儿枣一。每逢春暮，榆树开花结荚，名为榆钱。榆荚纷纷落下时，谓之"榆荚雨"（见《荆楚岁时记》）。施肩吾咏榆荚诗："风吹榆钱落如雨，绕林绕屋来不住。"我们北方人生活清苦，遇到榆荚成雨时就要吃一顿榆钱糕。名为糕，实则捡榆钱洗净，和以小米面或棒子面，上锅蒸熟，舀取碗内，加酱油醋麻油及切成段的葱白葱叶而食之。我家每做榆钱糕成，全家上下聚在院里，站在阶前分而食之。比《帝京景物略》所说"四月榆初钱，面和糖蒸食之"还要简省。仆人吃过一碗两碗之后，照例要请安道谢而退。我的大哥有一次不知怎的心血来潮，吃完之后也走到祖母跟前，屈下一条腿深深请了个安，并且说了一声"谢谢您！"祖母勃然大怒，"好哇！你把我当做什么人……"气得几乎晕厥过去。父亲迫于形势，只好使用家法了。从墙上取下一根藤马鞭，高高举起，轻轻落下，一五一十地打在我哥哥的屁股上。我本想跟进请安道谢，幸而免，吓得半死，从此我见了榆钱就恶心，对于无理的专制与压迫在幼小时就有了认识。后院东边有个小院，北房三间，南房一间，其间有一口井。井水是苦的，只可汲来洗衣洗菜，但是另有妙用，夏季把西瓜系下去，隔夜取出，透心凉。

想起这栋旧家宅，顺便想起若干儿时事。如今隔了半个多世纪，房子一定是面目全非了。其实人也不复是当年的模样，纵使我能回去探视旧居，恐怕我将认不得房子，而房子恐怕也认不得我了。

# 北平年景

过年须要在家乡里才有味道，羁旅凄凉，到了年下只有长吁短叹的份儿，还能有半点欢乐的心情？而所谓家，至少要有老小二代，若是上无双亲，下无儿女，只剩下伉俪一对，大眼瞪小眼，相敬如宾，还能制造什么过年的气氛？北平远在天边，徒萦梦想，童时过年风景，尚可回忆一二。

祭灶过后，年关在迩。家家忙着把锡香炉，锡蜡签，锡果盘，锡茶托，从蛛网尘封的箱子里取出来，作一年一度的大擦洗。宫灯，纱灯，牛角灯，一齐出笼。年货也是要及早备办的，这包括厨房里用的干货，拜神祭祖用的苹果干果等等，屋里供养的牡丹水仙，孩子们吃的粗细杂拌儿。蜜供是早就在白云观订制好了的，到时候用纸糊的大筐篓一碗一碗的装着送上门来。家中大小，出出进进，如中风魔。主妇当然更有额外负担，要给大家制备新衣新鞋新袜，尽管是布鞋布袜布大衫，总要上下一新。

祭祖先是过年的高潮之一。祖先的影像悬挂在厅堂之上，都是七老八十的，有的撇嘴微笑，有的金刚怒目，这时节孝子贤孙叩头如捣蒜，其实亦不知所为何来，慎终追远的意思不能说没有，不过大家忙的是上供，拈香，点烛，磕头，紧接着是撤供，围着吃年夜饭，来不及慎终追远。

吃是过年的主要节目。年菜是标准化了的，家家一律。人口旺的人家要进全猪，连下水带猪头，分别处理下咽。一锅纯肉，加上蘑菇是一碗，加上粉丝又是一碗，加上山药又是一碗，大盆的芥末墩儿，鱼冻儿，内皮辣酱，成缸的大腌白菜，芥菜疙瘩，——管够，初一不动刀，初五以前不开市，年菜非囤集不可，结果是年菜等于剩菜，吃倒了胃口而后已。

"好吃不过饺子，舒服不过倒着"，这是乡下人说的话，北平人称饺子为"煮饽饽"。城里人也把煮饽饽当做好东西，除了除夕宵夜不可少的一顿之外，从初一至少到初三，顿顿煮饽饽，直把人吃得头昏脑涨。这种疲劳填充的方法颇有道理，可以使你长期的不敢再对煮饽饽妄动食指，直等到你淡忘之后明年再说。除夕宵夜的那一顿，还有考究，其中一只要放进一块银币，谁吃到那一只主交好运。家里有老祖母的，年年是她老人家幸运的一口咬到。谁都知道其中作了手脚，谁都心里有数。 孩子们须要循规蹈矩，否则便成了野孩子，唯有到了过年时节可以沐恩解禁，任意的作孩子状。除夕之夜，院里洒满了芝麻秸儿，孩子们践踏得咯吱咯吱响，是为"踩岁"。闹得精疲力竭，睡前给大人请安，是为"辞岁"。大人摸出点什么作为赏赉，是为"压岁"。

正是一年复始，不准说丧气话，见面要道一声"新禧"。房梁上有"对我生财"的横披，柱子上有"一入新春万事如意"的直条，天棚上有"紫气东来"的斗方，大门上有"国恩家庆人寿年丰"的对联。墙上本来不大干净的，还可以贴上几张年画，什么"招财进宝"，"肥猪拱门"，都可以收补壁之效。自己心中想要获得的，写出来画出来贴在墙上，俯仰之间仿佛如意算盘业已实现了！

好好的人家没有赌博的。打麻将应该到八大胡同去，在那里有上好的骨牌，硬木的牌桌，还有佳丽环列。但是过年则几乎家家开赌，推牌九、状元红、呼么喝六、老少咸宜。赌禁的开放可以延长到元宵，这是唯一的家庭娱乐。孩子们玩花炮是没有腻的。九隆斋的大花盒，七层的九层的，花样翻新，直把孩子看得瞪眼咋舌。冲天炮、二踢脚、太平花、飞天七响、炮打襄阳，还有我们自以为值得骄傲的可与火箭媲美的"旗火"，从除夕到天亮彻夜不绝。

街上除了油盐店门上留个小窟窿外，商店都上板，里面常是锣鼓齐鸣，狂擂乱敲，无板无眼，据说是伙计们在那里发泄积攒一年的怨气。大姑娘小媳妇擦脂抹粉的全出动了，三河县的老妈儿都在头上插一朵颤巍巍的红绒花。凡是有大姑娘小媳妇出动的地方就有更多的毛头小伙子乱钻乱挤。于是厂甸挤得水泄不通，海王村里除了几个露天茶座坐着几个直流鼻涕的小孩之外并没有什么可看，但是入门处能挤死人！火神庙里的古玩玉器摊，土地祠里的书摊画棚，看热闹的多，买东西的少。赶着天晴雪霁，满街泥泞，凉风一吹，又滴水成冰，人们在冰雪中打滚，甘之如饴。"喝豆汁儿，就咸菜儿，琉璃喇叭大沙雁儿"，对于大家还是有足够的诱惑。此外如财神庙、白云观、雍和宫，都是人挤人，人看人的局面，去一趟把鼻子耳朵冻得通红。

新年狂欢拖到十五。但是我记得有一年提前结束了几天，那便是民国元年，阴历的正月十二日，在普天同庆声中，袁世凯嗾使北军第三镇曹锟驻禄米仓部队哗变掠劫平津商民两天。这开国后第一个惊人的年景使我到如今不能忘怀。

# 海啸

　　一九二三年八月清华癸亥级学生六十余人在上海浦东登上杰克逊总统号放洋。有好多同学有亲友送行，其中有些只眼睛是红肿的，船上五个人组成的小乐队奏起了凄伤的曲调，愈发增加了黯然销魂的情趣。给我送行的只有创造社的几位，下船之后也就走了。我抚着船栏，看行人把千万纸条抛向码头，送行的人拉着纸条的另一端，好像是牵着这一万二千吨的船不肯放行的样子。等到船离开了码头，纸条断了，送行的人群渐渐模糊，我们人人脸上都露出了木然的神情。

　　天连水，水连天，不住的波声渊清。好多只海鸥绕着船尾飞，倦了就浮在水上。一群群的文鳐偶然飞近船舷，一闪而没。我们一天天地看日出日落，看月升月沉。

　　船上除了我们清华一批人外，有三位燕京大学毕业的学生，一个是许地山（落华生），一个是谢婉莹（冰心），一个是一位"陶大姐"。许地山是福建龙溪人，生于一八九三年，出国这一年该是三十岁，比我们长几岁。他是生长在台湾的彰化，随后到大陆求学的。说来惭愧，我那时候对台湾一无所知，倒是在读英文绥夫特《一个小小建议》中的时候看到萨曼那泽的记述，据说台湾有吃活人的习惯，虽明知那是杜撰胡说，总觉得海陬荒岛是个可怖的地方。所以我看见许地山就有奇异的联想。而许先生的仪表又颇不平凡，蓬松着头发，凸出的大眼睛，一小撮山羊胡子，八字脚，未开言先格格地笑。和他接近之后，发觉他为人敦厚，富热情与想象，是极有风趣的，许多小动作特别令人发噱。他对于印度宗教，后来对于我国道教，都有深入研究。他的文学作品，如《无法投递的邮件》、《缀网劳蛛》、《空山灵雨》，无不具有特殊的格调与感人的力量。谢冰心，福建闽侯人，一九〇一年生，受过良好的家庭与教会学校的教育，待人温和而有分寸，谈吐不俗。她的《超人》、《繁星》、《春水》，当时早已脍炙人口。

　　除了一上船就一头栽倒床上尝天旋地转晕船滋味的人以外，能在颠簸之中言笑自若的人总要想一些营生。于是爱好文学的人就自然聚集在一起，三五个人在客厅里围绕着壁炉中那堆人工制造的熊熊炉火，海阔天空地闲聊起来。不知是谁提议，要出一份壁报，张贴在客厅入口处的旁边，三天一换，内容是创作与翻译并蓄，篇幅以十张稿纸为限，密密麻麻地用小字誊录。报名定为《海啸》，刊头是我仿张海若的"手摹拓片体"涂成隶书《海啸》二字，下面剪贴杰克逊总统号专用信笺角上的轮船图形。出力最多的是一樵，他负起大部分抄写的责任。出了若干期之后，我们挑拣了十四篇，作为一个专栏，目录如下：


　　海啸梁实秋

　　乡愁冰心女士

　　海世间落华生

海鸟 梁实秋

别泪 一樵

梦 梁实秋

海角底孤星 落华生

惆怅 冰心女士

醍醐天女 落华生

纸船 冰心女士

女人我很爱你 落华生

约翰我对不起你 C. Rossetti 梁实秋译

你说你爱 Keats CHL 译

什么是爱 K.Hamsun 一樵译


在船上张贴壁报，还要寄回国内发表，是青年的创作欲还是发表欲，我也不很清楚。我只觉得在海中漂泊，心里有说不出的滋味，一吐为快。《海啸》一诗中最后六行是这样的：


对月出神的骚士！你想些什么？

可是眷念着锦绣河山的祖国？

若是怀想着远道相思的情侣——

明月有圆有缺，海潮有涨有落。

请在这海上的月夜，把你的诗心捧出来，

投入这水晶般的通彻玲珑的无边天海！

使用"海啸"两个字的时候，至少当时的我是不求甚解的。"海啸"用英文讲是 tidalwave 或 tidalbore，是由地震而引起的汹涌的大浪。与"龙吟虎啸"地"啸"迥异其趣，与"琴酒啸咏"之"啸"更大相径庭。风平浪静地在大海上航行，根本没有地震，哪里来的海啸？但是，不。就在我们抵达彼岸的那天，九月一日，早餐桌上摆着一张电讯新闻，赫然写着日本东京大地震，并且警告海上船只注意提防海啸！东京这次地震很剧烈，死亡有十四万三千人之多，我们路过东京参观过的地方大部分夷为平地了。船驶近西雅图的时候，果然有相当强烈的风浪，像是海啸。

# 琵琶记的演出

一九二四年秋我到了麻州剑桥进哈佛大学研究院，先是和顾一樵先生赁居奥斯丁园五号，半年后我们约同时昭沄徐宗涑几位同学迁入汉考克街一五九号之五，那是一所公寓。这公寓房子相当寒伦，号称有家具设备，除了床铺和几具破烂桌椅之外别无长物，但是租价低廉，几个学生合住不但负担较轻，而且轮流负责炊事，或担任采购，或在灶前掌勺，或专管洗碗洗盘，吵吵闹闹，颇不寂寞。最妙的是地点适中，往东去是麻省理工学院，往西去是哈佛大学，所以大家都感到满意。在剑桥的中国学生，不是在哈佛，就是在麻省理工。中国学生在外国喜欢麇居在一起，一部分是由于生活习惯的关系，一部分是因为和有优越感的白种人攀交，通常不是容易事，也不是愉快事。中国人走到哪里都有强烈的团体精神，实在是形势使然。我们的公寓，事实上是剑桥中国学生活动的中心之一。来往过客也常在我们这里下榻，帆布床随时供应。有一天我正在厨房做炸酱面，锅里的酱正扑哧扑哧地冒泡，潘光旦带着另外三个人闯了进来，他一进门就闻到炸酱的香味，死乞白赖地要讨一顿面吃，我慨然应允，我在小碗炸酱里加进四勺盐，吃得大家拧眉皱眼，饭后拼命喝水。

平时大家读书都很忙，课外活动还是有的。剑桥中国学生会那一年主持人是沈宗濂，一九二五年春天不知怎的心血来潮，要演一出英语的中国戏，招待外国师友，筹划的责任落到一樵和我身上。讲到演戏我们是有兴趣的。我和一樵平素省吃俭用，时常舍得用钱去看戏，波斯顿的 Copley Theater 是由一个剧团驻院经常演出的，我们是长期的座上客，细心观摩他们的湛深的演技。我悟得一点诀窍，也就是哈姆雷特奉劝演员的那些意见，演出时要轻松自然，不要过于剑拔弩张，不要张牙舞爪，到了紧要关头方可用出全副力量，把真情灌注进去。我们有一次看了谢立敦的《情敌》，又有一次看了晶奈罗的《谭克雷续弦夫人》，看到表演精彩之处真如醍醐灌顶。我们对于戏剧如此热心，所以学生会筹划演戏之议我们就没有推辞。

　　一樵真是多才多艺，他学的是电机工程，念念不忘文学。诗词小说戏剧无一不插上一手。他负起编剧责任，选定了《琵琶记》。蔡伯喈的故事，流传已久，各地地方剧常常把它搬上舞台，把蔡伯喈形容成一个典型的不孝不义的人物。南宋诗人刘后村的"斜阳古道柳家庄，负鼓盲翁正作场。死后是非谁管得，满村听唱蔡中郎"是大家都熟知的一首诗。明初高则诚写《琵琶记》，就是根据这个古老的民间故事编的，不过在高则诚的笔下蔡中郎好像是一个比较可以令人同情的读书人了。全剧共二十四出，词藻丰赡。一樵只是撷取其故事骨干，就中郎一生，由高堂称庆到南浦嘱别，由奉旨招婿到再报佳期，由强就鸾凤到书馆悲逢，这三大段正好编成三幕，用语体写出，编成之后由我译成英文。琵琶记的原文，非常精彩，号称为南曲之祖，其中唱词尤为典丽，我怎能翻译？但是改成语体，编成话剧，便容易措手了。于是很快地译好，送到哈佛合作社代为复印多份，脚本告成。波斯顿音乐院里一位先生（英籍）帮我们制作布景，看到剧本，问我："这是谁译的？"我佯为不知，他说译文中有些美国人惯用的俗语羼杂在内，例如"Go ahead"一语就不宜由一位文士对一位淑女来讲。我觉得他说得对，就悄悄地改了。

演员问题，大费周章。女主角赵五娘，大家一致认为在波斯顿附近的威尔斯莱女子学院的谢文秋女士最适宜于担任。谢小姐是上海人，风度好，活泼，而且口齿伶俐。她的性格未必适于这一角色，但是当时没有其他的选择。她慷慨地答应了。男主角蔡伯喈成了问题，不是找不到人，是跃跃欲试的人大有人在。某一男生才高志大，又一位男士风流倜傥，都觉得扮演蔡伯喈胜任愉快。在争来争去的情形之下，一樵和我商量，要我出马。我提出一项要求，那就是先去征询谢小姐的意见，看她要不要这样的一个搭档。她没有异议。

我们的演员表大致是这样：

蔡中郎梁实秋

赵五娘谢文秋

丞相之女谢冰心

牛丞相顾一樵

丞相夫人王国秀

邻人徐宗涑

疯子沈宗濂

　　此外还有曾昭抡、高长庚，波斯顿大学的两位华侨女生，都记不得担任的是什么角色了。我们是一群乌合之众，谁也没有多少经验，也没有专人导演，就凭一股热心，课余之暇自动地排演起来。

　　服装布景怎么办？事有凑巧，前此不久纽约的中国同学会很成功地演出了一出古装话剧《杨贵妃》，事实上我们的《琵琶记》也是受了《杨贵妃》的影响。主持《杨贵妃》上演的都是我们的朋友，如余上沅、闻一多、赵太侔等，所以我们就驰函求助。杨剧服装大部分是缝制之后由闻一多用水彩画不透明颜料画上图案，在灯光照耀之下华丽无比，其中一部分借给我们了。杨贵妃是唐朝人，蔡伯喈是汉朝人，服装式样有无差别，我们也顾不了许多。关于布景，一多有信给一樵：

　　一樵：

　　　舞台用品……布景也许用不着我亲身来波城。只要把剧本同舞台的尺寸寄来，我便可以画出一套图案，注明用什么材料怎样的制造。反正舞台上不宜用平面的绘画，例如一个窗子最好用木头或厚纸制一个能开能阖的窗子，不当在墙上画一个窗子的模样，因为这样会引起错误的幻觉。总之，我把图案制就了，看他的构造是简单或复杂。如果不能不复杂，一定要我来，我是乐于从命的。再者也请你告诉我你们在布景和服饰上能花多少钱。

一多问好

事实上一多在布景的绘图上尽了力，但是他没有到波斯顿来。来的是余上沅和赵太侔。余上沅是熟人，他是我们同船到美国来的，他的身份是教务处职员奉派随船照料我们的，他来到美国进入匹次堡戏院艺术学院，翌年到了纽约。赵太侔则闻其名而尚未谋面，一多特函介绍他给我们，特别强调一点，太侔这个人是真正的 a man of few words 一个不大讲话的人，千万别起误会，以为他心有所恤。果然，太侔一到，不声不响，揎袖攘臂，抓起一把短锯，就锯木头制造门窗。经过他们二位几天努力，灯光布景道具完全就绪。

我们为了慎重起见，上演之前作一次预演，特请波斯顿音乐学院专任导演的一位教授前来指点。他很认真负责，遇到他认为不对的地方就大声喊停予以解说。对演员的部位尤其注意，改正我们很多的缺点。演到蔡伯喈和赵五娘团圆的时候，这位导演先生大叫："走过去，和她亲吻，和她亲吻！"谢文秋站在那里微笑，我无论如何鼓不起这一点勇气，我告诉他我们中国自古以来没有这个规矩，他摇头不已。预演完毕，他把我拉到一边，正经地劝我说："你下次演戏最好选一出喜剧，因为据我看你不适于演悲剧。"话是很委婉，意思是很明显的。我心里想，琵琶记不就是喜剧么？我又在想，这一次真是逢场作戏，难道还有下次？

上演的那天早晨，麻省理工学院的一位丁绪宝先生红头涨脸地跑来说："你们今晚要演出琵琶记，你们知道你们做的是什么事么？蔡伯喈家有贤妻，而负义糟糠，停妻再娶，是一位道地的多妻主义者。你们把他的故事搬上舞台，岂不要遭外人耻笑，误以为我们中国人都是多妻主义者？此事有关国家名誉，我不能坐视，特来警告，赶快罢手，否则我今晚不能不有适当手段对付你们。"我们向他解释，我把剧本一份送给他请他过目，并且特别声明我们的剧本是根据高明（则诚）的名著改编的。相传"有王四者，明与之友善，劝之应试，果登第，王即弃其妻而赘于不花太师家，明恶之，因作琵琶记以寓讽刺"。这样说来，琵琶记是讽刺。而且历史上的蔡中郎是怎样一个人姑不具论，单自高明写的蔡伯喈有怎样的谈吐：

"闲藤野蔓休缠也，俺自有正莬丝，亲瓜葛。"

"纵有花容月貌，怎如我自家骨血？"

"漫说道姻缘事果谐凤卜，细思之，此事岂吾意欲？有人在高堂孤独，可惜新人笑语喧，不知我旧人哭，兀的东床难教我坦腹！"

"几回梦里，忽闻鸡唱，忙惊觉，错呼旧妇，同问寝堂上。待朦胧觉来，依然新人鸳帏凤衾和象床。怎不怨香愁玉无心绪？更思想，被他拦当，教我怎不悲伤？俺这里欢娱夜宿芙蓉帐，他那里寂寞偏嫌更漏长！"

像这样的句子都可以证明高则诚没有把蔡伯喈形容成为负心人。我最后声明，我是国家主义者，我的爱国心绝不后人。丁先生将信将疑，悻悻然去，临走时说："我们走着瞧！晚上见！"这一整天我们心情很不安。

这一天是三月二十八日，晚间在波斯顿美术剧院正式演出。观众大部分是美国人士，包括大学教授及文化界人士，我国的学生及侨胞来捧场的亦不少，黑压压一片，座无虚席，估计在千人左右。先由在波斯顿音乐学院读书的王倩鸿女士致开会词，中国同学会主席沈宗濂致欢迎词，郭秉义先生演说，奏乐。都说了些什么，已不复记忆。上演之前还有这么多的繁文缛节，不愧为学生演戏。一声锣响，幕起，一幕，二幕，三幕，进行得很顺利，台上的人没有忘掉戏词，也没有添加戏词，台下的人也没有开闸，也没有往台上抛掷鸡蛋番茄。最后幕落，掌声雷动，几乎把屋顶震塌下来。千万不要误会，不要以为演出精彩，赢得观众的欣赏，要知道外国人看中国人演戏，不管是谁来演，不管演的是什么，他们大部都只是由于好奇。剧本如何，剧情如何，演技如何，舞台艺术如何，都不是最重要的，最重要的是那红红绿绿的服装，几根朱红色的大圆柱，正冠捋须甩袖迈步等等奇怪的姿态……琵琶记有几个人懂得，包括我们自己在内？剧中原有插曲一阕，有赵五娘抱着琵琶自弹自唱，唱词阙，意思是由演员自己选择。结果是赵五娘用四季相思小调唱"少小离家老大回，乡音未改鬓毛衰。儿童相见不相识，笑问客从何处来"。诗是唐朝的贺知章作的，唱的人赵五娘是东汉时人，这是多么显著的时代错误！事后也没有人讲话。

曲终人散，我们轻松愉快地到杏花楼去宵夜。楼梯咚咚响，跑上了一个人，又是丁绪宝先生，又是红头涨脸的，大家为之一怔。他走到我们面前，勉强地一笑，说："你们演得很好，没有伤害国家的名誉，是我误会了，我道歉！"随后就和我们握手而退。这一握手，使我觉得十分快慰，丁先生不但热爱国家，而且勇于认错。翌日《基督教箴言报》为文报道此一演出，并且刊出了我的照片，我当然也很快慰，但是快慰之情尚不及丁先生的那一握手。

闻一多事后写信给我，附诗一首：

> 实秋饰蔡中郎演琵琶记戏作柬之
> 一代风流薄幸哉！钟情何处不优俳？
> 琵琶要作诛心论，骂死他年蔡伯喈！

# 酒中八仙
## ——记青岛旧游

　　杜工部早年写过一首《饮中八仙歌》，章法参差错落，气势奇伟绝伦，是一首难得的好诗。他所谓的饮中八仙，是指他记忆所及的八位善饮之士，不包括工部本人在内，而且这八位酒仙并不属于同一辈分，不可能曾在一起聚饮。所以工部此诗只是就八个人的醉趣分别加以简单描述。我现在所要写的酒中八仙是民国十九年到二十三年间我的一些朋友，在青岛大学共事的时候，在一起宴饮作乐，酒酣耳热，一时忘形，乃比附前贤，戏以八仙自况。青岛是一个好地方，背山面海，冬暖夏凉，有整洁宽敞的市容，有东亚最佳的浴场，最宜于家居。唯一的缺憾是缺少文化背景，情调稍嫌枯寂。故每逢周末，辄聚饮于酒楼，得放浪形骸之乐。

　　我们聚饮的地点，一个是山东馆子顺兴楼，一个是河南馆子厚德福。顺兴楼是本地老馆子，属于烟台一派，手艺不错，最拿手的几样菜如爆双脆、锅烧鸡、氽西施舌、酱汁鱼、烩鸡皮、拌鸭掌、黄鱼水饺……都很精美。山东馆子的跑堂一团和气，应对之间不失分际。对待我们常客自然格外周到。厚德福是新开的，只因北平厚德福饭庄老掌柜陈莲堂先生听我说起青岛市面不错，才派了他的长子陈景裕和他的高徒梁西臣到青岛来开分号。我记得我们出去勘察市面，顺便在顺兴楼午餐，伙计看到我引来两位生客，一身油泥，面带浓厚的生意人的气息，心里就已起疑。梁西臣点菜，不假思索一口气点了四菜一汤，炒辣子鸡（去骨）、炸胗（去里儿）、清炒虾仁……伙计登时感到来了行家，立即请掌柜上楼应酬，恭恭敬敬地问："请问二位宝号是在哪里？"我们乃以实告。此后这两家饭馆被公认为是当地巨擘，不分瑜亮。厚德福自有一套拿手，例如清炒或黄焖鳝鱼、瓦块鱼、鱿鱼卷、琵琶燕菜、铁锅蛋、核桃腰、红烧猴头……都是独门手艺，而新学的焖炉烤鸭也是别有风味的。

我们轮流在这两处聚饮，最注意的是酒的品质。每夕以罄一坛为度。两个工人抬三十斤花雕一坛到二、三楼上，当面启封试尝，微酸尚无大碍，最忌的是带有甜意，有时要换两三坛才得中意。酒坛就放在桌前，我们自行舀取，以为那才尽兴。我们喜欢用酒碗，大大的浅浅的，一口一大碗，痛快淋漓。对于菜肴我们不大挑剔，通常是一桌整席，但是我们也偶尔别出心裁，例如：普通以四个双拼冷盘开始，我有一次做主换成二十四个小盘，把圆桌面摆得满满的，要精致，要美观。有时候，尤其是在夏天，四拼盘换为一大盘，把大乌参切成细丝放在冰箱里冷藏，上桌时浇上芝麻酱三合油和大量的蒜泥，是一个很受欢迎的冷荤，比拌粉皮高明多了。吃铁锅蛋时，赵太侔建议外加一元钱的美国干酪（cheese），切成碎末打搅在内，果然气味浓郁不同寻常，从此成为定例。酒醋饭饱之后，常是一大碗酸辣鱼汤，此物最能醒酒，好像宋江在浔阳楼上酒醉题反诗时想要喝的就是这一味汤了。

酒从六时喝起，一桌十二人左右，喝到八时，不大能喝酒的约三五位就先起身告辞，剩下的八九位则是兴致正豪，开始宽衣攘臂，猜拳行酒。不作拇战，三十斤酒不易喝光。在大庭广众的公共场所，扯着破锣嗓子"鸡猫子喊叫"实在不雅。别个房间的客人都是这样放肆，入境只好随俗。

这一群酒徒的成员并不固定，四年之中也有变化，最初是闻一多环顾座上共有八人，一时灵感，遂曰："我们是酒中八仙！"这八个人是，杨振声、赵畸、闻一多、陈命凡、黄际遇、刘康甫、方令孺，和区区我。既称为仙，应有仙趣，我们只是沉湎曲乐的凡人，既无仙风道骨，也不会白日飞升，不过大都端起酒杯举重若轻，三斤多酒下肚尚能不及于乱而已。其中大多数如今皆已仙去，大概只有我未随仙去落人间。往日宴游之乐不可不记。

杨振声字金甫，后嫌金字不雅，改为今甫，山东蓬莱人，比我大十岁的样子。五四初期，写过一篇中篇小说《玉君》，清丽脱俗，惜从此搁笔，不再有所著作。他是北大国文系毕业，算是蔡孑民先生的学生。青岛大学筹备期间，以蔡先生为筹备主任，实则今甫独任艰巨。蔡先生曾在大学图书馆侧一小楼上偕眷住过一阵，为消暑之计。国立青岛大学的门口的竖匾，就是蔡先生的亲笔。胡适之先生看见了这个匾对我们说，他曾问过蔡先生："凭先生这一笔字，瘦骨嶙峋，在那时代殿试大卷讲究黑大圆光，先生如何竟能点了翰林？"蔡先生从容答道："也许那几年正时兴黄山谷的字吧。"今甫做了青岛大学校长，得到蔡先生写匾，是很得意的一件事。今甫身材修伟，不愧为山东大汉，而言谈举止蕴藉风流，居恒一袭长衫，手携竹杖，意态潇然。鉴赏字画，清谈亹亹。但是一杯在手则意气风发，尤嗜拇战，入席之后往往率先打通关一道，音容并茂，咄咄逼人。赵瓯北有句："骚坛盟敢操牛耳，拇阵轰如战虎牢。"今甫差足以当之。

赵畸，字太侔，也是山东人，长我十二岁，和今甫是同学。平生最大特点是寡言笑。他可以和客相对很久很久一言不发，使人莫测高深。我初次晤见他是在美国波斯顿，时民国十三年夏，我们一群中国学生排演琵琶记，他应邀从纽约赶来助阵。他未来之前，闻一多先即有函来，说明太侔之为人，犹金人之三缄其口，幸无误会。一见之后，他果然是无多言。预演之夕，只见他攘臂挽袖，运斤拉锯制作布景，不发一语。莲池大师云："世间醙醴酮醴，藏之弥久而弥美者，皆緐封锢牢密不泄气故。"太侔就是才华内蕴而封锢牢密。人不开口说话，佛亦奈何他不得。他有相当酒量，也能一口一大盅，但是他从不参加拇战。他写得一笔行书，绵密有致。据一多告我，太侔本是一个衷肠激烈的人，年轻的时候曾经参加革命，掷过炸弹，以后竟变得韬光养晦沉默寡言了。我曾以此事相询，他只是笑而不答。他有妻室儿子，他家住在北平宣外北椿树胡同，他秘不告人，也从不回家，他甚至原籍亦不肯宣布。庄子曰："畸人者，畸于人而侔于天。"疏曰："畸者不耦之名也，修行无有，而疏外形体，乖异人伦，不耦于俗。"怪不得他名畸字太侔。

闻一多，本名多，以字行，湖北蕲水人，是我清华同学，高我两级。他和我一起来到青岛，先赁居大学斜对面一座楼房的下层，继而搬到汇泉海边一座小屋，后来把妻小送回原籍，住进教职员第八宿舍，两年之内三迁。他本来习画，在芝加哥作素描一年，在科罗拉多习油画一年，他得到一个结论：中国人在油画方面很难和西人争一日之长短，因为文化背景不同。他放弃了绘画，专心致力于我国古典文学之研究，至于废寝忘食，埋首于故纸堆中。这期间他有一段恋情，因此写了一篇相当长的白话诗，那一段情没有成熟，无可奈何地结束了，而他从此也就不再写诗。他比较器重的青年，一个是他国文系的学生臧克家，一个是他国文系助教陈梦家。这两位都写新诗，都得到一多的鼓励。一多的生活苦闷，于是也就爱上了酒。他酒量不大，而兴致高。常对人吟叹"名士不必须奇才，但使常得无事，痛饮酒，熟读离骚，便可称名士"。他一日薄醉，冷风一吹，昏倒在尿池旁。

陈命凡，字季超，山东人，任秘书长，精明强干，为今甫左右手。豁起拳来，出手奇快，而且嗓音响亮，往往先声夺人，常自诩为山东老拳。关于拇战，虽小道亦有可观。民国十五年，我在国立东南大学教书，同事中之酒友不少，与罗清生、李辉光往来较多，罗清生最精于猜拳，其术颇为简单，唯运用纯熟则非易事。据告其诀窍在于知己知彼。默察对方惯有之路数，例如一之后常为二、二之后常为三，余类推。同时变化自己之路数，不使对方捉摸。经此指点，我大有领悟。我与季超拇战常为席间高潮，大致旗鼓相当，也许我略逊一筹。

刘本钊，字康甫，山东蓬莱人，任会计主任，小心谨慎，恂恂君子。患严重耳聋，但亦嗜杯中物。因为耳聋关系，不易控制声音大小，拇战之时呼声特高，而对方呼声，他不甚了，只消示意令饮，他即听命倾杯。一九四九年来台，曾得一晤，彼时耳聋益剧，非笔谈不可。

方令孺是八仙中唯一女性，安徽桐城人，在国文系执教兼任女生管理。她有咏雪才，惜遇人不淑，一直过着独身生活。台湾洪范书店曾搜集她的散文作品编为一集出版，我写了一篇短序。在青岛她居留不太久，好像是两年之后就离去了。后来我们在北碚异地重逢，比较往还多些。她一向是一袭黑色旗袍，极少的时候薄施脂粉，给人一派冲淡朴素的印象。在青岛的期间，她参加我们轰饮的行列，但是从不纵酒，刚要"朱颜酡些"的时候就停杯了。数十年来我没有她的消息，只是在一九六四年七月七日《联合报》"幕前冷语"里看到这样一段简讯：

> 方令孺皤然白发，早不执教复旦，在那血气方刚的红色路上漫步，现任浙江作者协会主席，忙于文学艺术的联系工作。

老来多梦，梦里河山是她私人嗜好的最高发展，跑到砚台山中找好砚去了，因此梦中得句，写在第二天的默忆中："诗思满江国，涛声夜色寒，何当沽美酒，共醉砚台山。"

这几句话写得迷离惝恍，不知砚台山寻砚到底是真是幻。不过诗中有"何当沽美酒"之语，大概她还未忘情当年酒仙的往事吧？

如今若是健在，应该是八十以上的人了。

黄际遇，字任初，广东澄海人，长我十七八岁，是我们当中年龄最大的一位。他做过韩复榘主豫时的教育厅长，有宦场经验，但仍不脱名士风范。他永远是一件布衣长袍，左胸前缝有细长的两个布袋，正好插进两根铅笔。他是学数学的，任理学院长，闻一多离去之后兼文学院长。嗜象棋，曾与国内高手过招，有笔记簿一本置案头，每次与人棋后辄详记全盘招数，而且能偶然不用棋盘棋子，凭口说进行棋赛。又治小学，博闻多识。他住在第八宿舍，有潮汕厨师一名，为治炊膳，烹调甚精。有一次约一多和我前去小酌，有菜二色给我印象甚深，一是白水氽大虾，去皮留尾，氽出来虾肉白似雪，虾尾红如丹；一是清炖牛鞭，则我未愿尝试。任初每日必饮，宴会时拇战兴致最豪，嗓音尖锐而常出怪声，狂态可掬。我们饮后通常是三五辈在任初领导之下去作余兴。任初在澄海是缙绅大户，门前横匾大书"硕士第"三字，雄视乡里。潮汕巨商颇有几家在青岛设有店铺，经营山东土产运销，皆对任初格外敬礼。我们一行带着不同程度的酒意，浩浩荡荡地于深更半夜去敲店门，惊醒了睡在柜台上的伙计们，赤身裸体地从被窝里钻出来（北方人虽严冬亦赤身睡觉）。我们一行一溜烟地进入后厅。主人热诚招待，有娈婉小童伺候茶水兼代烧烟。先是以功夫茶飨客，红泥小火炉，炭火煮水沸，浇灌茶具，以小盅奉茶，三巡始罢。然后主人肃客登榻，一灯如豆，有兴趣者可以短笛无腔信口吹，亦可突突突突有板有眼。俄而酒意已消，乃称谢而去。任初有一次回乡过年，带回潮州蜜柑一篓，我分得六枚，皮薄而松，肉甜而香，生平食柑，其美无过于此者。抗战时任初避地赴桂，胜利还乡，乘舟沿西江而下，一夕在船上如厕，不慎滑落江中，月黑风高，水深流急，遂遭没顶。

酒中八仙之事略如上述。民国二十一年青岛大学人事上有了变化。为了"九一八"事件全国学生罢课纷纷赴南京请愿要求对日作战，青岛大学的学生当然亦不后人，学校当局阻止无效。事后开除为首的学生若干，遂激起学生驱逐校长的风潮。今甫去职，太侔继任。一多去了清华。决定开除学生的时候，一多慷慨陈词，声称是"挥泪斩马谡"。此后二年，校中虽然平安无事，宴饮之风为之少杀。偶然一聚的时候有新的分子参加，如赵铭新、赵少侯、邓初等。我在青岛的旧友不止此数，多与饮宴无关，故不及。